DER LÖWE IN MIR – EINE LÖWENSHIFTER ROMANZE

CATAMOUNT LÖWENSHIFTER REIHE, BUCH 6

J.H. CROIX

PROLOG

Vor Jahrhunderten flüchteten sich die Berglöwen in den nördlichen Appalachen immer tiefer in die Berge, um sich davor zu schützen, dass die Menschen immer weiter in ihr riesiges Revier vorstießen. Sie entwickelten die Fähigkeit, sich von einem Menschen in einen Berglöwen und wieder zurück zu wandeln, um ihre Art vor dem Aussterben zu bewahren, während sie unbemerkt weiterleben konnten. So hielten alle Leute diese imposanten Wildkatzen für eine bloße eine Legende. Berichte über Sichtungen wurden als kühne Gerüchte abgetan. Als eine Unmöglichkeit. Bis eines Abends auf einer stark befahrenen Straße ein Auto in der Dunkelheit ein Tier erfasste. Das war die erste bestätigte Sichtung eines Berglöwen im Osten seit fast fünfundsiebzig Jahren. Die Wildkatze verstarb, ihr einzigartiges Leben war von einem Auto ausgelöscht worden. Doch dieser Berglöwe war kein gewöhnlicher Berglöwe. Die Autopsie ergab, dass es sich tatsächlich um einen Berglöwen gehandelt hatte und dass dieser Löwe vermutlich über 2.000 Kilometer von South Dakota aus zurückgelegt hatte – die längste bekannte Wanderung eines solchen Tieres. In Catamount, Maine, lebten die

Shifter mitten unter den Menschen und schützten ihre Art seit Jahrhunderten erfolgreich. Bis einer der ihren einen unwahrscheinlichen Tod fand und sie von einer Bedrohung für ihre Art erfahren mussten.

Shifter mitten unter den Menschen und schützten ihre Art seit Jahrhunderten erfolgreich. Bis einer der ihren einen unwahrscheinlichen Tod fand und sie von einer Bedrohung für ihre Art erfahren mussten.

KAPITEL EINS

„Pass auf!"

Sophia Ashworth sah auf, als sie die Stimme ihrer Freundin hörte, und sah genau über ihrem Kopf einen Topf mit Tulpen auf dem Geländer der Terrasse schwanken. Sie hatte ihren Blick auf den Schiefersteg gerichtet, der sich rund um das Haus ihrer Freundin Vivian schlängelte. Ihre Augen folgten der leuchtend roten Tulpe, die bedrohlich hin und her schwankte, bevor sie schließlich über das Geländer kippte. Mit einem Aufschrei sprang sie aus dem Weg. Es gelang ihr zwar, einem Schlag auf den Kopf zu entgehen, aber als sie wieder aufsah, war ihre Schulter mit Blumenerde bedeckt. Der Blumentopf lag zersplittert auf dem Boden. Als sie zu Vivian aufblickte, hielt sie sich den Mund zu, um nicht laut loszulachen.

Sophia verdrehte die Augen, strich sich die Erde von der Schulter und fuhr sich mit den Fingern durch ihr Haar. Die Tulpe baumelte hinten in ihren Haaren. Nachdem sie sie vorsichtig losgemacht hatte, stellte sie fest, dass die Zwiebel den Sturz überlebt hatte. Sie hielt sie in die Höhe, während sie die Treppe zur Terrasse hinaufging.

„Nach all dem solltest du diese arme Blume besser wieder einpflanzen." Sie reichte Vivi die zerfledderte Tulpe und sah sich um. „Wie zum Teufel ist das nur geschehen?"

Vivi hatte es aufgegeben, ihr Lachen zu unterdrücken und deutete einfach auf ihren Kater, einen schwarz-weißen Stubentiger, der gerade mal dem Kätzchenalter entwachsen war.

Sophia trat zu dem Kater hinüber und nahm ihn in die Arme. „Jax, du machst aber auch wieder mal nichts als Ärger!" Sie schmiegte ihre Nase an seinen Hals. Sein Schnurren reichte aus, um ihren ganzen Körper vibrieren zu lassen. Mit Jax im Arm ließ sich Sophia auf einen Stuhl neben dem kleinen Holztisch auf der Terrasse ihrer Freundin fallen.

Vivian Sheldon, von ihren Freunden und ihrer Familie Vivi genannt, war Sophias beste Freundin. In letzter Zeit brauchte Sophia besonders häufig Zeit mit Vivi. Ihr Bruder Heath war vor zwei Monaten verhaftet worden, als er im Haus eines Drogendealers erwischt worden war, wo er gerade Heroin kaufen wollte. Heath war mit seinen einunddreißig Jahren drei Jahre älter als Sophia und war ihr ganzes Leben lang ihr geliebter älterer Bruder gewesen. Nach einem Autounfall vor einem Jahr war er süchtig nach Schmerzmitteln geworden. Sie hatte gehofft, dass er endlich von den Schmerzmitteln loskommen würde, hatte dann aber feststellen müssen, dass er so verzweifelt nach einem Schuss gewesen war, dass er sich mit dem Schmugglernetzwerk der Shifter in Painter, Colorado, eingelassen hatte. Das einzig Gute an dem ganzen Schlamassel war, dass er jetzt in Behandlung war. Da es sich bei seiner Verhaftung um sein erstes

Vergehen gehandelt hatte, hatte man ihm die Möglichkeit gegeben, eine Therapie zu machen und gemeinnützige Arbeit zu leisten. Vorausgesetzt, er blieb ein Jahr lang clean, würden am Ende des Jahres alle Anklagen fallen gelassen werden.

Sophia streichelte Jax' Fell und warf einen Blick auf Vivi. „Und, wie läuft's so?"

Vivi war bereits damit beschäftigt, die Tulpe in einen anderen Blumentopf umzupflanzen. Ihr langes schwarzes Haar hatte sie zu einem Pferdeschwanz gebunden, der hin und her schwang, als sie über ihre Schulter blickte. „Immer das Gleiche. Viel zu tun auf der Arbeit und jede Menge Stress mit Juliannas neuer Klassenlehrerin. Ich kann dir nur raten, überlege es dir gut, bevor du Kinder bekommst. Mrs. Dunn ist eine echte Zicke", stieß sie unverhohlen hervor.

Sophia nickte und bemitleidete Vivi. Als alleinerziehende Mutter hatte Vivi viel um die Ohren. Aber Sophia war auch erleichtert, dass sie sich mal mit etwas anderem befassen konnte als mit all dem, was sie in letzter Zeit belastete. Nach Heaths Autounfall, seiner schwierigen Genesung und dem jüngsten Schlamassel hatte sie das Gefühl, dass ihre Themen fast jedes Gespräch mit Vivi beherrschten. Also versuchte sie langsam, all das loszulassen, was sie nicht kontrollieren konnte. Es war eine nette Abwechslung, Vivi zu ermöglichen, sich den Unmut über Juliannas neue Lehrerin von der Seele zu reden. Als sie nach einer Weile aufstand, um zu gehen, begegnete Vivi ihrem Blick. „Gibt es bei dir irgendwelche besonderen Neuigkeiten?"

Sophias Herz verkrampfte sich, als sie den Kopf schüttelte. „Nein." Während Heath weg war, hoffte sie auf einen Hoffnungsschimmer. Sie hoffte auch, dass die Mauer des Schweigens rund um die polizeilichen

Ermittlungen gegen das Schmugglernetzwerk der Shifter endlich etwas bröckeln würde. Diese Affäre zerrte an den Nerven aller und ließ sie befürchten, dass Shifter nun im denkbar schlechtesten Licht dastehen könnten. Und seit Heath mit dem Netzwerk in Berührung gekommen war, war Sophia umso genervter. Zwar wusste sie sehr wohl, dass er für seine Taten selbst verantwortlich war, aber der leichte Zugang zu Drogen hatte Heath einen Weg eröffnet, der ihn ins Straucheln gebracht hatte. Nachdem sie mitansehen hatte müssen, wie ihr einst stolzer und starker Bruder nach seinem Autounfall so tief gefallen war, war sie fest entschlossen, dafür zu sorgen, dass die beteiligten Shifter ein für alle Mal entlarvt wurden.

Vivi trat an ihre Seite und umarmte sie herzlich. Sophia winkte kurz, während sie von der untersten Stufe trat und Vivis kurze Auffahrt zur Straße hinunterging. Sie wohnte nur ein paar Minuten entfernt und kam fast jeden Tag auf dem Weg zur Arbeit hier vorbei.

Augenblicke später lief sie die Main Street in Painter, Colorado, hinunter, einer malerischen Kleinstadt hoch in den Rocky Mountains, die in einem kleinen Tal lag. Sie trat durch die Tür in das Mile High Grounds, den kleinen Coffee Shop, der ihr gehörte. Als sie vor ein paar Jahren beschlossen hatte, dieses kleine Café zu eröffnen, hatte sie insgeheim gehofft, dass es erfolgreich sein würde, aber der Laden hatte sich weitaus besser entwickelt, als sie gedacht hatte. Sie blickte sich um und sah, dass die meisten Tische besetzt waren und die Schlange fast bis zur Tür reichte. Da konnte sie ihren Stolz kaum unterdrücken. Sie trat hinter die Theke, schnappte sich eine Schürze und band sie sich schnell um die Taille.

„Hey Josie", begrüßte sie Sophia, als sie an Josies Seite neben die Espressomaschine trat.

Josie war eine ihrer beiden festen Mitarbeiterinnen. Sophia hatte noch ein paar andere, die einsprangen, aber Josie und Tommy waren ihre Stammkräfte. Josie war blitzschnell, als sie einen Espresso zubereitete und sich sofort den nächsten vornahm. „Hey Boss. Es war den ganzen Morgen schon so verrückt."

„Sieht ganz so aus. Soll ich hier mal kurz übernehmen?"

Josie schüttelte den Kopf. „Nein, ich komme schon klar. Aber Tommy könnte sicher Hilfe an der Kasse gebrauchen", erwiderte sie mit einem Nicken in Richtung Tresen.

Ohne ein Wort zu sagen, trat Sophia an seine Seite und kümmerte sich um die andere Kasse. Die Schlange bewegte sich schneller und Tommy trat zurück, um Josie beim Ausgeben von Kaffee und Gebäck zu helfen. Sophia war wie auf Autopilot, nahm Bestellungen auf, gab sie in den Computer ein und kassierte ab. Sie unterhielt sich mit den Kunden und genoss die Hektik, um sich von ihrem Bruder und der ständigen Sorge ihrer Eltern abzulenken.

Als sie zum nächsten Kunden aufblickte, stockte ihr der Atem. Der Mann, der da an der Theke stand, raubte ihr förmlich den Atem. Sie wurde knallrot und ihr Puls beschleunigte sich. Der Mann war großgewachsen, dunkel und sah umwerfend gut aus. Er hatte langes schwarzes Haar mit dunklen Locken, die den Kragen seines T-Shirts säumten. Seine marineblauen Augen strahlten im Gegensatz zu seinen dunklen Haaren. Er hatte markante Wangenknochen, eine schmale Nase und volle, sinnliche Lippen. Sein T-Shirt war herrlich eng über seinen Muskeln gespannt. Sie konnte sogar sein Sixpack aus steinharten Bauchmuskeln erkennen.

Sie musste wohl eine Sekunde zu lange geschwiegen haben, denn der Mann zog eine Augenbraue hoch.

„Äh, was darf ich Ihnen anbieten?", platzte es aus ihr heraus.

Reiß dich mal zusammen. Du klingst total bescheuert.

Sophia schüttelte den Kopf und versuchte, ihre unausstehliche Kritikerin in sich zum Schweigen zu bringen. Da verzog sich der Mund des äußerst heißen Kerls zu einer Seite und seine Augen funkelten.

„Habe ich gerade was verpasst?", fragte er.

„Hm?"

„Sie haben den Kopf geschüttelt."

Sie spürte, wie ihr die Hitze in den Nacken und ins Gesicht stieg. *Vielleicht solltest du mir manchmal besser etwas mehr Aufmerksamkeit schenken. Halt die Klappe.* Sie seufzte innerlich. Sie führte ein ganzes Gespräch in ihrem Kopf, während der attraktivste Mann, den sie je gesehen hatte, dastand, sie musterte und sie wohl für halb verrückt hielt.

Sie begegnete seinem Blick und zwang sich zu einem Lächeln. „Ach, nichts. Kaffee?"

Sein Lächeln zog sich von einem Mundwinkel zum anderen. „Deswegen bin ich hier. Was können Sie mir den empfehlen?"

„Das hängt davon ab, was Sie mögen. Einfachen Kaffee? Oder etwas mehr?"

„Etwas Starkes."

Großer Gott. Der Mann hatte kaum ein paar Worte ausgesprochen, da raste ihr Herz schon und Hitze schoss ihr durch den Körper.

„Wie wäre es mit einem doppelten Americano?"

„Ausgezeichnet.“

Sophia kassierte, während Josie mit dem Kaffee anfing. Sophia konnte ihre Neugierde nicht unterdrücken. „Sind Sie von hier?“

Der scharfe Kerl zuckte mit den Schultern. „Ja und nein.“

„Was soll das denn heißen?“

„Ich bin hier geboren, aber meine Familie ist weggezogen, als ich gerade mal drei Jahre alt war. Ich kann mich zwar an nichts erinnern, aber ich wollte schon immer mal zurückkommen.“

Ihre Neugierde wurde immer größer. Painter war eine ziemlich kleine Stadt. Sophia war hier geboren und aufgewachsen und kannte fast jeden in der Stadt. Und wen sie nicht persönlich kannte, von dem wusste sie zumindest.

„Nun, willkommen zurück. Ich bin Sophia. Vielleicht kenne ich Ihre Familie ja. Ich bin schon mein ganzes Leben hier.“

„Schön, Sie kennenzulernen, Sophia. Ich heiße Daniel, Daniel Hayes. Meine Eltern sind David und Sarah Hayes.“ Ein schmerzhafter Ausdruck durchzog seine Augen. „Sie sind beide in den letzten zwei Jahren verstorben.“

„Oh, … das tut mir leid.“ Ihre Antwort kam ganz automatisch, aber sie meinte es ernst. Sie stand ihrer Familie sehr nahe und der Gedanke, dass jemand seine Familie verloren hatte, tat ihr im Herzen weh.

Daniel nickte. „Danke. Aber so ist das Leben eben.“ Dann hielt er inne und holte tief Luft. Josie hatte den Kaffee zubereitet. Sophia nahm ihr den Becher ab und schob ihn über den Tresen zu ihm.

Er nahm einen Schluck Kaffee und schloss mit einem Seufzer die Augen. „Wow. Verdammt guter

Kaffee." Als sein Blick aus seinen blauen Augen wieder auf ihr landete, flatterte ihr der Bauch. Ihr Körper schien einen ganz eigenen Willen zu haben, wenn es um diesen Mann ging.

Sie konnte nicht sagen, warum, aber die Namen seiner Eltern kamen ihr irgendwie bekannt vor. Doch sie wollte nicht neugierig sein, also ließ sie es bleiben.

„Wie lange bleiben Sie hier?", fragte sie und versuchte, sich wieder zu sammeln.

„Ich ziehe den Sommer über hierher."

„Oh. Sie haben kurzerhand beschlossen, gleich hierher zu ziehen?"

Seine marineblauen Augen blickten sie unverwandt an. „Ja, mehr oder weniger. Meine Mutter hat immer von Painter erzählt und wie sehr sie es vermisst hat. Nach ihrem Tod habe ich mich entschieden, hierher zu kommen, um herauszufinden, was sie an diesem Ort so geliebt hat."

Sophia nickte langsam. „Nun, der Sommer ist eine wunderbare Zeit, um hier zu sein."

„Das habe ich auch gehört." Er wollte noch etwas sagen, als ein anderer Kunde an den Tresen trat. Also hob er seinen Kaffeebecher an. „Ich muss los, aber ich komme bestimmt wieder. Ich brauche schließlich noch mehr von diesem tollen Kaffee."

Sophia sah ihm nach, wie er sich umdrehte und mit langen, lockeren Schritten davonging. Dann lenkte sie ihre Aufmerksamkeit auf den nächsten Kunden. Der Tag verging wie im Flug. Am späten Abend, als die Sonne hinter den Bergen unterging, spazierte sie die Main Street entlang und machte sich auf den Weg nach Hause. Sie war geschafft von einem anstren-genden Tag, aber in jedem freien Augenblick musste sie an die Sorgen um ihren Bruder denken. Ihre einzige Erleichterung war, dass sie sich heute auch ein wenig mit Daniel ablenken konnte.

———

Daniel lief die Straße entlang, seine Augen auf die untergehende Sonne gerichtet. Painter war tatsächlich so schön, wie seine Mutter ihm erzählt hatte. Die kleine Stadt lag inmitten der Berge und ihre Straßen schmiegten sich an die Hügel. Der Ausblick jenseits der Stadt war in diesem Augenblick herrlich. Von der Sonne war nur noch ein gekrümmter Streifen über dem Bergrücken übrig, der den Himmel dahinter mit roten und goldenen Strahlen überstrahlte. Den Blick zum Himmel gerichtet, stieß er plötzlich mit jemandem zusammen.

„Hoppla!"

Er blickte nach unten und entdeckte Sophia, die gegen ihn gestolpert war. Die Frau aus dem Coffee Shop, die so verdammt heiß war, dass er sich nach ihr so sehr sehnte wie nach Kaffee. Sie schwirrte ihm schon den ganzen Tag im Kopf herum. Ihre Hände landeten auf seiner Brust, und plötzlich überkam ihn das heftige Verlangen, dass sie sich von dort auch nicht mehr wegbewegen sollte. Eine seiner Hände landete reflexartig auf ihrer Hüfte, während sich die andere um ihren Oberarm schloss.

„Tut mir leid! Ich habe nicht aufgepasst." Ihre Worte sprudelten nur so aus ihr heraus.

„Wir beide", antwortete Daniel mit einem schiefen Lächeln. „Ich habe mir den Sonnenuntergang angesehen." Er deutete mit einem Nicken hinter sie. Sie warf einen Blick über ihre Schulter.

Dann drehte sie sich wieder um. „Er ist wunderschön", bestätigte sie leise.

Daniel nickte. Er überlegte, ob er vielleicht einen Schritt zurücktreten sollte, aber das konnte er nicht. Er spürte das weiche Anschmiegen ihrer Hüfte unter seiner Handfläche. Ihre hellgrünen Augen musterten ihn. Zwischen ihnen knisterte es leise. Er konnte nicht verhindern, dass sein Blick nach unten glitt. Ihre Brüste drückten gegen die dünne Baumwolle ihres schwarzen T-Shirts. Dann zwang er seinen Blick nach oben, nur um auf ihrem vollen Mund zu landen. Er konnte das Flattern ihres Pulses an ihrem Hals sehen und musste sich zurückhalten, um seine Lippen auf die weiche Haut dort zu legen. Seine Erregung drückte gegen seine Jeans und er merkte, dass er gerade im Begriff war, sich zum Idioten zu machen. Mit einem Kopfschütteln wich er zurück und ließ seine Hände sinken.

Er versuchte, sich daran zu erinnern, was sie gesagt hatte, bevor sein Körper die Kontrolle über sein Gehirn übernommen hatte. *Der Sonnenuntergang.* „In der Tat", antwortete er mit rauer Stimme.

Sophias Augen blickten ihn an, ein so tiefes Grün, dass er sich darin verlieren konnte. „Ich komme wahrscheinlich morgen wieder im Laden vorbei."

„Oh, einverstanden."

Kaum hatten die Worte ihren Mund verlassen, eilte Sophia an ihm vorbei. Er hatte das eigentlich gar nicht als Verabschiedung gemeint, aber sie schien es als solche aufgefasst zu haben. Nun wandte er sich um und sah zu, wie sie davonlief. Ihre dunklen Haare fielen ihr über den Rücken und wippten mit jedem Schritt. Ihr dunkles Haar in Verbindung mit ihrer porzellanfarbenen Haut und den leuchtend grünen Augen war bezaubernd. Als sie heute Morgen aufgeschaut hatte, hätte er sie am liebsten direkt über den Tresen hinweg geküsst.

Ihre Hüften wippten, als sie den Bürgersteig entlangging. Sie trug lila Leggings mit schwarzen Cowboystiefeln. Die Leggings schmiegten sich an ihre kurvigen Hüften und kräftigen Beine. Daniel sah ihr nach, bis sie in eine Seitenstraße einbog.

KAPITEL ZWEI

Sophia verrührte das Frühstücksei und warf einen Blick über ihre Schulter zu Vivi. „Weißt du eigentlich irgendwas über David und Sarah Hayes?"

Vivi war zum Frühstück vorbeigekommen, was sie an den Wochenenden oft tat. Ihre Tochter Julianna saß im Wohnzimmer und guckte die ihr zustehende halbe Stunde Cartoons am Samstagmorgen. Vivi saß an dem kleinen runden Tisch in Sophias Küche. Sie war gerade dabei, ihre Haare zu zwei seitlichen Zöpfen zu flechten. Plötzlich hielt sie inne und ließ ihre Hände auf ihren Haaren ruhen. Sie verengte ihre Augen und weitete sie dann wieder. „Ja. Weißt du etwa nicht mehr, was mit ihnen passiert ist?"

Sophia rührte die Eier ein letztes Mal um und schaltete die Herdplatte aus. Schnell verteilte sie die Eier auf zwei Teller, trat an den Tisch und schob Vivi einen Teller hin. „Ich habe gedacht, ich hätte ihre Namen erkannt, aber ich habe mich nicht erinnern können, warum." Sie hielt kurz inne und betrachtete ihre leere Kaffeetasse. „Noch Kaffee?", fragte sie, während sie nach hinten griff und sich die Kaffeekanne vom Tresen schnappte.

Nachdem sie ihre beiden Tassen gefüllt hatte, blickte sie zu Vivi, die mit dem einen Zopf gerade fertig geworden war und sich nun dem anderen zuwandte. „Also, was ist mit den Hayes passiert?"

Vivi warf einen Blick durch den Rundbogen von der Küche ins Wohnzimmer auf Julianna. Diese war ganz auf Scooby Doo konzentriert. Sie war völlig vernarrt in die alten Zeichentrickfilme, vor allem in Scooby Doo. Vivi drehte sich zurück, ihre blauen Augen wirkten ernst. „Erinnerst du dich nicht? Ihr Sohn David war doch dieser kleine Junge, der sich auf einem Spielplatz gewandelt hat und am Ende erschossen worden ist. Die Hayes sind dann weggezogen und man hat nie wieder etwas von ihnen gehört."

Sophia setzte ihre Gabel ab. „O Gott. Ich erinnere mich, davon gehört zu haben. Niemand redet darüber, aber das ist unglaublich traurig. Ich kann mir kaum vorstellen, wie das für sie gewesen sein muss. Hat man denn jemals herausgefunden, wer ihn umgebracht hat?"

Vivi nickte. „Ja, es war ein Jäger. Ich bin mir sicher, dass wir in den alten Zeitungsberichten nachsehen können. Das ist der Albtraum aller Shiftereltern. Der Typ hat behauptet, er hätte sich umgedreht und einen Berglöwen mitten auf dem Spielplatz gesehen, also hat er ihn erschossen?" Vivi hatte ihr Haar zu Ende geflochten und wandte sich ihren Eiern zu.

„Ihr anderer Sohn, Daniel Hayes, ist heute im Café aufgetaucht. Er hat erzählt, dass er für den Sommer hierherzieht, weil er die Stadt kennenlernen möchte, von der seine Mutter so begeistert war."

Da flog Vivis Hand zu ihrem Mund und sie schnappte nach Luft. „O Mann. Echt jetzt? Denkst du, er weiß, was passiert ist?"

Sophia zuckte mit den Schultern. „Keine Ahnung. Ich habe nur ein paar Minuten mit ihm gesprochen. Er hat gemeint, dass er hier geboren ist, aber dass sie weggezogen sind, als er drei Jahre alt war. Seine Eltern sind beide in den letzten Jahren gestorben." Sie legte ihre Gabel ab. „Mensch, wenn er weiß, was passiert ist, kann ich mir gar nicht vorstellen, was ihn überhaupt hierherzieht."

Vivi nickte und nahm einen Schluck Kaffee. „Stimmt. Und trotzdem ist er hier. Verdammt, wenn sich das in der Stadt herumspricht, wird das für einigen Wirbel sorgen. Falls er noch gar nicht weiß, was damals passiert ist, möchte ich nicht, dass er es durch den Klatsch in der Stadt erfährt."

Sophias Gedanken überschlugen sich und ihr taten Daniel und seine Familie unendlich leid. Nachdem sie als Shifterin in einer der ältesten Shifterfamilien in Painter geboren und aufgewachsen war, wusste Sophia genau, wie wichtig es für Shifter war, Stillschweigen über ihr Leben zu bewahren. Sie konnte sich zwar nicht an die Namen von Daniels Eltern erinnern, aber die Erinnerung daran, warum sie gegangen waren, war eine düstere Erinnerung in Painter. Die Geschichte galt als Warnung unter den Shiftern, deshalb hatte sie sie immer wieder gehört. Sie warf Vivi einen Blick zu. „Ich hoffe, dass er es nicht auf diese Weise herausfindet. Ich meine, das wäre schrecklich. Aber ich kann mir nicht vorstellen, dass er hier sein würde, wenn er davon wüsste."

In diesem Augenblick kam Julianna in die Küche geschlendert und lehnte sich gegen die Hüfte ihrer

Mutter. „Kann ich ein paar Eier haben?", fragte sie mit ihrer melodischen Stimme.

Vivi strich Julianna ihr dunkles Haar aus der Stirn. „Aber Tante Sophia hat rote Paprika reingetan. Meinst du, du magst Gemüse in deinen Eiern?"

Juliannas braune Augen hüpften zwischen Vivi und Sophia hin und her. „Ja", bestätigte sie mit einem nachdrücklichen Nicken.

Sophia erhob sich und füllte eine kleine Schüssel für Julianna. „Hier, bitte. Vielleicht magst du das Gemüse ja so."

Julianna stellte die Schüssel auf dem Tisch ab und nahm einen kleinen Bissen. Ihre Augen weiteten sich und sie blickte zu Sophia auf. „Die sind aber gut!", stellte sie mit einem verwunderten Lächeln fest.

Vivi gluckste und nippte an ihrem Kaffee. Sophia nahm wieder Platz am Tisch. „Möchtest du mit uns essen oder mit Scooby?"

„Scooby!"

Vivi schnappte sich eine Serviette von der Mitte des Tisches und steckte sie in Juliannas Jeanstasche. „Stell deine Schüssel ab, wenn du fertig bist."

Julianna hielt ihre Schüssel in beiden Händen, während sie ins Wohnzimmer zurückkehrte. Als sie außer Hörweite war, wandte sich Vivi wieder an Sophia. „Wie war Daniel Hayes denn so?"

Sophia erinnerte sich an Daniels fast schwarze Haare, seine blauen Augen und seinen zum Sterben schönen Körper. Ihre Wangen glühten förmlich.

„Nun ja. Ich würde vermuten, dass du Daniel für etwas ganz Besonderes hältst", meinte Vivi und grinste zwischen zwei Bissen.

Sophias Wangen wurden nur noch heißer. „Du wirst ihn noch früh genug kennenlernen. Er sieht verdammt gut aus." Allein das Reden über ihn brachte sie völlig aus der Fassung. Sie konnte sich aber nicht erklären, warum er so eine starke Wirkung auf sie hatte.

„Gut aussehend oder nicht, normalerweise wirst du bei Männern doch nicht gleich rot. Eigentlich nimmst du sie fast nie wahr."

Sophia zuckte mit den Schultern. „Na und? Für Beziehungen habe ich eben keine Zeit. Ich bin damit beschäftigt, den Coffee Shop zu leiten, und bei allem, was mit Heath passiert ist, habe ich ganz andere Dinge im Kopf."

Vivi kniff die Augen zusammen. „Mir liegt doch an Heath genauso viel wie dir. Dieses Jahr war echt hart, seit er in diesen Unfall verwickelt war. Die letzten Monate sind bloß das Sahnehäubchen auf einem beschissenen Kuchen. Heath muss aus diesem Schlamassel, in den er da hineingeraten ist, wieder rauskommen. Das kannst du nicht für ihn erledigen. Aber in der Zwischenzeit könntest du ein wenig Ablenkung gebrauchen. Ich meine ja nur." Vivis Mund verzog sich zu einem schiefen Grinsen.

Sophia schnürte es die Brust ein. Sie war es so leid, sich um ihren Bruder zu sorgen. Vor einem Jahr war sein Auto auf einer vereisten Straße in den Bergen ins Schleudern geraten und einen Hügel hinuntergestürzt. Er hatte den Unfall zwar überlebt, aber mehrere Verletzungen erlitten, darunter einen Oberschenkelbruch. Dieser Bruch hatte mehrere Operationen nach sich gezogen und ihm große Schmerzen bereitet. Die verdammten Schmerzen hatten schließlich zu seiner Medikamentensucht geführt und, ohne dass das irgendjemand in seinem Umfeld mitbekommen hätte, zu seiner anschließenden Flucht ins Heroin, um damit die Schmerzmittel zu ersetzen.

„Es reicht", stellte Vivi entschieden fest.

Sophias Blick wanderte zu Vivi hinauf. Die warme Besorgnis in ihren Augen täuschte über ihren strengen Tonfall hinweg. Dann seufzte Sophia. „Ich weiß. Ich muss endlich aufhören, von Heath besessen zu sein. Daran arbeite ich ja schon."

„Das ist mir klar, aber du kannst nichts anderes tun, als für ihn da zu sein. Eine Ablenkung wie Daniel könnte genau das Richtige für dich sein."

„Bei dir klingt das alles so einfach. Sobald Daniel hier auftaucht, wird die Gerüchteküche brodeln. Das wird ihn schnell in die Flucht schlagen."

Vivi nahm den letzten Bissen von ihren Eiern und legte ihre Gabel ab. „Das mag ja sein, aber du solltest nicht schon die Flinte ins Korn werfen, bevor überhaupt irgendetwas passiert ist."

———

Daniel lehnte sich in seinem Schreibtischstuhl zurück und verschränkte die Arme hinter seinem Kopf. Er hatte den ganzen Vormittag hart gearbeitet. Er war Computerprogrammierer und arbeitete, wo und wann er wollte. Im Großen und Ganzen war das prima. Der Nachteil war, dass er sich oft in seine Arbeit vertiefte und die Zeit aus den Augen verlor. Sein Vater hatte ihm das Programmieren beigebracht, als er noch ein kleiner Junge gewesen war, also hatte er einen Vorsprung vor dem rasanten Anstieg der Technologiejobs gehabt. Schon vor seinem Collegeabschluss hatte er auf eigene Faust Auftragsarbeiten für Unternehmen in der ganzen Welt erledigt. Er liebte seine Arbeit und genoss die damit verbundene Freiheit, aber es war auch nicht einfach, Leute kennenzulernen.

Jetzt, wo er sich in Painter aufhielt, wünschte er

sich eine Gelegenheit, mehr über seine Familie zu erfahren, was bedeutete, dass er rausgehen und sich mit Leuten treffen musste. Seine Gedanken schweiften zurück zum gestrigen Tag und zu Sophia. Die letzten Jahre hatten nicht viel Raum für Beziehungen gelassen. Nachdem er seiner Mutter ein Jahr lang bei der Pflege seines Vaters geholfen hatte, bevor dieser an den Komplikationen einer Herzoperation verstorben war, danach den Tod seines Vaters betrauert hatte, während er seine Mutter unterstützte, und dann ein weiteres Jahr lang den Tod seiner Mutter betrauert hatte, hatte er einfach nicht die seelische Kraft gehabt, um über eine Beziehung nachzudenken. Er konnte sich schon gar nicht mehr daran erinnern, wann er das letzte Mal eine Verabredung gehabt hatte.

Sophia hatte eine Wirkung auf ihn, die er noch nie erlebt hatte. Ihr dunkles Haar, ihre tiefgrünen Augen und ihre üppigen Kurven zogen ihn in ihren Bann, aber das allein war es nicht. Sie hatte irgendetwas an sich – sodass er sie unbedingt kennenlernen wollte. Er kannte sie zwar nicht gut, aber er wusste, dass sie in Painter geboren und aufgewachsen war. Vielleicht hatte sie ja seine Eltern gekannt und wusste mehr darüber, was mit seinem älteren Bruder passiert war, dessen Tod dazu geführt hatte, dass seine Eltern vor so vielen Jahren Painter abrupt verlassen hatten.

Er erinnerte sich an das Gespräch, das er mit seiner Mutter geführt hatte, als sie im Krankenhaus gelegen hatte.

„Daniel, ich muss dir unbedingt was Wichtiges sagen", hatte seine Mutter damals verkündet. Sie hatte sich in ihrem Bett ausgeruht, ihr weiches, goldenes Haar war verblasst gewesen und mit Silber durchzogen. Ihre blauen Augen hatten erschöpft gewirkt. Sie war selten länger als ein paar Stunden am Stück wach gewesen, und das Sprechen war ihr manchmal schwergefallen, weil sie gelegentlich wegen einer Lungenentzündung husten musste. Er hatte am Fenster gestanden und sich umgedreht, um sich auf den Stuhl neben ihrem Bett zu setzen.

Als er ihr in die Augen geschaut hatte, hatte er darin eine Traurigkeit gesehen, die er sonst nur gekannt hatte, wenn sie von David gesprochen hatte, der gestorben war, als Daniel erst drei Jahre alt gewesen war. Er konnte sich kaum an David erinnern. Beim Blick in die Augen seiner Mutter verkrampfte sich sein Magen. „Was ist denn los, Mom?"

Sie griff nach seiner Hand und drückte sie. „Ich hätte dir schon längst die Wahrheit sagen sollen."

„Wovon redest du?"

„Darüber, wie David gestorben ist."

Daniel war sich unsicher, ob er seine Mutter ausreden lassen oder sie davon abhalten sollte. Er wusste nicht, was besser war. Schnell fuhr sie fort. „Weißt du noch, als du diese Schübe gehabt hast, immer dann, wenn du wandern warst?"

Sie meinte damit die Situationen, in denen er beim Wandern etwas erlebt hatte, das man nur als beängstigend bezeichnen konnte. Seine Haut hatte begonnen, schmerzhaft zu kribbeln, er hätte am liebsten um sich geschlagen und geschrien, und ein unheimliches Gefühl von Macht hatte ihn erfasst. Jedes Mal war er aus dem Wald geflüchtet und nach Hause zurückgekehrt. Aber immer, wenn er seine Mutter gebeten hatte, mit ihm zum Arzt zu gehen, hatte diese abgewunken und behauptet, es sei nichts und würde vorbeigehen. Er hatte lediglich herausgefunden, dass diese Anfälle nicht auftraten, solange er sich nicht in der Wildnis aufhielt. Nachdem er Painter verlassen hatte, waren seine Eltern nach Denver gezogen. Obwohl Denver eine belebte Stadt war, lagen die Berge direkt vor der Haustür und die Stadt war voll von Naturliebhabern. Daniel hingegen hatte seine natürliche Neigung, die zahlreichen Wanderwege in der Gegend zu erkunden, im Zaum halten müssen. Auf die Frage seiner Mutter hin nickte er schließlich.

Sie hatte Tränen in den Augen. „Ich weiß genau, was da passiert ist. Ich habe keine Ahnung, wie ich dir das sonst erklären soll, außer, dass ich es einfach sage. Es mag sich zwar verrückt anhören, aber glaub mir, es ist die Wahrheit. Ich habe dir vorher nichts gesagt, weil ich dich beschützen wollte, wie ich das bei deinem Bruder allerdings leider nicht geschafft habe."

Er holte tief Luft und nickte.

„Du kennst doch die Gerüchte über Berglöwen, die auch Menschen sind?"

Er bekam kaum noch Luft, aber er nickte erneut. Gerüchte über Berglöwenshifter gab es in dieser Gegend häufig. In Colorado waren, wie in den meisten Teilen des Westens, zahlreiche Berglöwen beheimatet. Gerüchten zufolge lebten unter ihnen Gestaltwandler, die sich nach Belieben von ihrer menschlichen in eine löwenähnliche Gestalt und wieder zurückwandeln konnten. Doch Daniel und die meisten anderen Bewohner der Stadt taten diese Behauptungen als Humbug aus längst vergangenen Zeiten ab.

Die Augen seiner Mutter füllten sich wieder mit Tränen. Er schnappte sich ein Taschentuch aus der Schachtel auf dem Tisch neben ihrem Bett und reichte es ihr. Nachdem sie sich die Augen abgewischt hatte, holte sie tief Luft. „Jeder in meiner Familie ist ein Shifter. Ich kann mich wandeln und du auch."

Er hatte das Gefühl, aus einer gewaltigen Höhe abzustürzen. Fassungslos betrachtete er sie.

„Immer dann, wenn du dich so seltsam fühlst, möchte der Löwe in dir herauskommen.

Aber du musst schon bereit dafür sein und dein Schicksal auch annehmen, damit es zu einer vollständigen Verwandlung kommt. Es tut mir so leid, dass ich nicht schon früher etwas gesagt habe, aber ich habe deinem Vater versprochen, das nicht zu tun. Am Tag bevor er gestorben ist, hat er mir die Erlaubnis erteilt, es dir zu sagen, sobald ich denke, dass der richtige Zeitpunkt gekommen ist. David hat sterben müssen, weil er sich auf einem Spielplatz gewandelt hat. Er hatte zwar schon erfahren, wie man sich wandelt, aber er war noch nicht in der Lage, es zu kontrollieren. Der Kerl, der ihn erschossen hat, hat nur einen Berglöwen inmitten einer Gruppe von Kindern gesehen. Normalerweise hätte ich ihn nie in einen solchen Park mitgenommen, aber er war auf einem Schulausflug. Das Ganze war ein furchtbarer Unfall. Dein Vater hat gewusst, dass ich eine Shifterin bin, seine ganze Familie hat Bescheid gewusst. Sie waren aber vertrauenswürdig, und sie haben das Geheimnis der Shifter jahrelang gehütet. Nach Davids Tod habe ich deinem Vater versprochen, dir nichts davon zu erzählen. Er wollte nicht, dass du auf dieselbe Weise stirbst."

Daniel saß einfach nur da und versuchte zu begreifen, was seine Mutter ihm da erzählt hatte. Irgendwie schaffte er es, das Gespräch zu Ende zu bringen. Sie hatte darauf bestanden, dass er sie wieder besuchen sollte, um ihr mehr zu erzählen. In den Wochen vor dem Tod seiner Mutter hatte sie ihm so viel wie möglich über ihre Seite der Familie berichtet. Leider hatte Davids Tod nicht nur ihre Mutter dazu gebracht, ihre Shifterseite zu verleugnen, sondern auch die Sicherheit der ganzen Familie gefährdet. Shifter hatten jahrhundertelang im Verborgenen gelebt. Davids ungewollte Wandlung hatte zu seinem eigenen verhängnisvollen Tod geführt und die Verunsicherung aller Leute verstärkt, die sich nicht sicher waren, ob es Shifter gab.

Daniel dachte an den Tag zurück, an dem er tief in die Berge gewandert war und sich gewandelt hatte. Die Gefühle, die ihn zuvor so erschreckt hatten, peitschten plötzlich durch ihn hindurch. Er hatte ja keine Ahnung gehabt, was ihn erwarten würde. Zweifel und Unglaube zerfielen im Angesicht der Wahrheit, als er dort stand, während sich sein Fell auf seiner Haut ausbreitete und pure Kraft jeden seiner Schritte durchfuhr. In seiner Löwengestalt fühlte er sich, als hätte er einen Teil von sich selbst gefunden. Er war befreit durch den Wald gesprungen. Ihm kam es vor, als hätte sich sein Löwe sehnlichst auf diesen Tag gefreut. Es war schon nach Sonnenuntergang und die Dunkelheit lag tief in den Bäumen, als er wieder in seine menschliche Gestalt zurückkehrte.

Bis zu diesem Nachmittag hatte er seiner Mutter nicht ganz geglaubt.

Er hatte nicht angenommen, dass sie gelogen hatte, aber was sie ihm erzählt hatte, war einfach kaum zu glauben gewesen. Seine Mutter hatte ihm erklärt, dass er schon viel früher in der Lage gewesen wäre, sich zu wandeln, aber erst in der Pubertät waren seine Kräfte so stark geworden, dass es schwer war, ihnen zu widerstehen. Davids Schatten hatte jahrelang über seiner Familie gehangen, und jetzt wusste er, warum. Dabei hatte er eine glückliche Kindheit gehabt, trotz der Trauer über den Tod seines Bruders in der Familie.

Daniel schüttelte den Kopf und lenkte seine Gedanken zurück in die Gegenwart. Er war nach Painter gekommen, um zu versuchen, das zu finden, was seine Familie verloren hatte. Er hoffte, mit den verbliebenen Familienmitgliedern in Painter wieder in Kontakt zu kommen. Nach einem Blick auf seine Uhr löste er sich von seinem Schreibtisch. Er hatte vor, heute noch einmal rauszugehen, und er hatte noch einige Stunden Tageslicht übrig.

KAPITEL DREI

Sophia wischte die hinteren Tische des Cafés ab und schaltete die Spülmaschine ein. Der Abend neigte sich dem Ende zu und der Feierabend stand kurz bevor. Als sie sich in der kleinen Küche des Coffee Shops umsah, stellte sie fest, dass Tommy sich bereits um fast alles gekümmert hatte. Er hatte sogar schon die Backwaren für den nächsten Morgen vorbereitet. Sie wusch sich die Hände und kehrte nach vorne zurück. Am frühen Abend saßen hier vor allem Studenten, die am Lernen waren und sich leise miteinander unterhielten.

Sie trat an den Tresen an Tommys Seite. „Du kannst jederzeit abhauen", sagte sie.

Tommy warf ihr einen Blick zu und seine braunen Augen funkelten. „Bist du sicher?"

Tommy Dawson stammte aus einer anderen Shifterfamilie aus der Gegend. Er war ein paar Jahre jünger als sie, aber sie kannte ihn schon ihr ganzes Leben lang, da ihre Familien einander nahestanden. Sie hatte ihn angeheuert, als ihre Mutter sie dazu gedrängt hatte. Und das hat sie seither nicht bereut. Tommy war zuverlässig und fleißig. Außerdem war er freundlich, warmherzig und zuvorkommend. Auf ihr Nicken hin fuhr er sich mit der Hand durch sein blondbraunes Haar und band sich die rote Schürze mit dem Logo des Ladens auf. „Ich habe gleich morgen früh wieder Dienst, wir sehen uns also morgen früh."

„Abgemacht. Und jetzt verschwinde endlich und mach was anderes als zu arbeiten!"

Tommy schnappte sich seine Jacke und machte sich auf den Weg. Sophia bediente den Tresen, was um diese Zeit eine recht ruhige Tätigkeit war. Sie machte sich einen Kaffee und nippte daran, während sie die Zeitung von heute durchblätterte. Als ihr Name ertönte, blickte sie auf und sah direkt in die Augen von Daniel Hayes. Wieder einmal schaffte er es, ihr den Atem zu rauben und ihr Puls beschleunigte sich.

Als sie nicht sofort etwas sagte, ergriff Daniel das Wort. „Wie geht's? Ich hoffe, es ist nicht zu spät, um noch einen Kaffee zu bestellen."

Sie riss sich von ihren verworrenen Gedanken los und nickte, um sich endlich zum Sprechen zu zwingen. „Aber natürlich ist es noch nicht zu spät." Sie deutete auf das kleine blinkende Neonschild im Fenster. „Immerhin haben wir noch geöffnet. Was kann ich Ihnen bringen?"

„Was hatte ich denn gestern?", fragte er und sein Mund verzog sich zu einem Lächeln.

Obwohl sie nicht klar denken konnte, erinnerte sie sich problemlos an seine Bestellung, denn sie war jedes Wort ihres Gesprächs schon zu oft durchgegangen. Dabei war sie sich so dumm vorgekommen, aber Daniel hatte einfach diese unglaubliche Anziehungskraft auf sie. Sie fühlte sich wie in der Highschool, als sie zum ersten Mal verknallt war. Eine flüchtige Begegnung mit ihm gestern, und sie konnte kaum aufhören, an ihn zu denken. Nichts als alberne, kindische Träumereien – sie musste sich zusammenreißen, und zwar schnell. „Einen doppelten Americano. Darf es wieder einer sein?"

„Auf jeden Fall. Das war der beste Kaffee, den ich je getrunken habe", erwiderte er mit einem sanften Lächeln, das ihren Magen zum Flattern brachte.

„Kommt sofort." Sie trat an die Espressomaschine und bereitete seinen Kaffee vor, dankbar dafür, dass sie für ein paar Minuten beschäftigt war. Er brauchte nur zu lächeln, und sie schmolz dahin.

Schließlich schob sie ihm den Kaffee über den Tresen. Seine Finger berührten ihre, als er ihn nahm. Elektrische Impulse schossen von ihren Fingerspitzen durch den Rest ihres Körpers. Ihr Atem ging stoßweise und Hitze jagte durch ihre Adern. Daniel nahm sofort einen Schluck Kaffee und schloss seufzend die Augen. „Genauso gut, wie ich ihn in Erinnerung habe." Seine blauen Augen funkelten, als er wieder lächelte. Dann zog er sein Portemonnaie heraus, wobei sein T-Shirt an der Taille hochrutschte und einen Blick auf seine gestählten Bauchmuskeln freigab.

Irgendwie gelang es ihr, ihn abzukassieren. Er schien allerdings überhaupt keine Lust zu haben, wieder zu gehen und lehnte sich mit der Hüfte gegen den Tresen. „Da Sie ja hier aufgewachsen sind, habe ich gedacht, dass Sie mir vielleicht sagen können, wo ich in der Umgebung von Painter unbedingt mal vorbeischauen sollte."

Sophia versuchte, ihren rasenden Puls zu beruhigen, aber das schien ihr kaum zu gelingen, also holte sie einfach tief Luft. Tagein, tagaus plauderte sie mit Kunden, darunter auch viele gutaussehende Männer. Obwohl Painter eher klein war, beherbergte es eine Universität und war bekannt für seine Ski- und

Wandergebiete. Daher war die Stadt voll von schrof-
fen, naturverbundenen Männern. Die vielen Shifter
fachten das Feuer nur noch mehr an. Männliche
Shifter waren der Inbegriff von Männlichkeit, kräftig
und attraktiv, mit einer Alphaausstrahlung, der man
sich nicht entziehen konnte. Doch noch nie hatte ein
Shifter sie so sehr in seinen Bann geschlagen wie
Daniel. Er schien eine direkte Verbindung zu ihrem
Körper zu haben und das Feuer zwischen ihnen
loderte heiß und schnell.

Sie warf Daniel einen Blick zu und fragte sich, was
er wohl über seine Herkunft wusste. Sie hatte ein
wenig über seine Familie recherchiert, seit Vivi sie
daran erinnert hatte, wer sie waren. Sarah Hayes
stammte aus einer Familie von Shiftern in Painter. Sein
Vater hatte in Painter das College besucht und so
Daniels Mutter kennengelernt. Sophia konnte nicht
sagen, ob Daniels Vater viel über Shifter gewusst hatte
oder ob er überhaupt geahnt hatte, dass sie eine Shifterin war. Ob Daniel sich dessen nun bewusst war oder
nicht, das Schicksal seiner Familie hatte die Gemeinschaft der Shifter tief erschüttert.

Lila Ashworth wusste alles, was es über jeden in
Painter zu wissen gab. Sie hatte Sophia kurzerhand die
Geschichte von Daniels Bruder David und dann die
Geschichte von Sarahs Familie erzählt. „Nachdem
David gestorben war, haben die Weavers sich ziemlich
zurückgezogen. Es hat nur noch Sarahs Eltern und
ihren älteren Bruder gegeben. Aber die haben sich
bedeckt gehalten. Und nicht viel später sind auch ihre
Eltern verstorben. Nur ihr Bruder ist immer noch da.
Nelson Weaver. Allerdings lebt der ziemlich zurückge-
zogen auf dem Grundstück der Familie am Stadtrand.“

Viel zu spät fiel ihr auf, dass sie auf Davids Bemerkung noch gar nicht geantwortet hatte. „Nun, Sie

haben schon mal das beste Café der Stadt gefunden. Abgesehen davon gibt es in Painter auch einige hervorragende Restaurants. Mit dem College hier bietet Painter auch ein wenig Kultur, obwohl wir eigentlich bloß eine Kleinstadt in den Rocky Mountains sind. Wir sind vor allem fürs Skifahren und diverse Outdooraktivitäten bekannt. Aber das gilt nicht nur für Painter. Alle Städte hier in der Umgebung sind ähnlich. Wie auch immer, was denken Sie bis jetzt? Ist Painter so schön, wie Ihre Mutter Ihnen erzählt hat?"

Daniels Mund verzog sich zu einem leichten Lächeln. Er nahm noch einen langen Schluck Kaffee, bevor er antwortete. „Ja." Er schien über etwas nachzudenken. Da nahm sie sich einen Augenblick Zeit, um ihn auf sich wirken zu lassen. Ihr Bauchgefühl verriet ihr, dass er ein Shifter war. Er strahlte Stärke und eine ungezwungene Männlichkeit aus, was seine Anziehungskraft nur noch steigerte.

„Ich frage mich, ob Sie etwas über meine Familie wissen", stieß Daniel plötzlich hervor. „Sie haben doch erwähnt, dass Sie fast jeden in Painter kennen, weil Sie hier aufgewachsen sind. Ich hatte bisher kaum Gelegenheit, die Familie meiner Mutter kennenzulernen."

Sophia begegnete seinem Blick und sah darin Neugierde mit einem Hauch von Traurigkeit. Sie konnte es nicht mit Gewissheit sagen, aber sie spürte, dass er wusste, was mit seinem Bruder passiert war und warum seine Eltern Painter verlassen hatten. Ihr wurde ganz schwer ums Herz. Sie kannte ihn zwar kaum, aber was seinem Bruder zugestoßen war, war einfach furchtbar. Shifter lebten jeden Tag mit dem Wissen, dass sie zwischen den Welten wandelten. Aber dass sein Bruder auf diese Weise ums Leben gekommen war, war besonders schmerzhaft. Sein Tod war einzig und allein darauf zurückzuführen, dass er zur falschen Zeit am falschen Ort gewesen war. Jetzt konnte sie bloß aufrichtig sein, und das tat sie auch.

„Ihre Familie ist zwar vor meiner Geburt weggezogen, aber ich weiß ein bisschen was über sie." Dann hielt sie inne und sah sich im Café um. Nur ein paar Kunden waren noch da. Sie wandte sich wieder Daniel zu und versuchte abzuwägen, wie sie sich am besten ausdrücken sollte.

Er hielt ihren Blick fest, sein Gesichtsausdruck war ernst. Als er das Wort ergriff, war seine Stimme rau. „Sie brauchen keine Angst zu haben, darüber zu reden. Ich weiß, was mit meinem Bruder passiert ist."

„Oh ... Das tut mir leid. Es tut mir wirklich leid", antwortete sie, weil sie nicht wusste, was sie sonst sagen sollte oder wie sie überhaupt auf das reagieren sollte, was passiert war. So viele Jahre waren vergangen, aber sie konnte sich kaum ausmalen, wie es für ihn sein musste, an den Ort zurückzukehren, an dem sein Bruder gestorben war.

Er kippte seinen Kaffee runter, als ob er sich stärken wollte. „Sie brauchen sich nicht zu entschuldigen."

„Ich habe doch bloß gemeint, dass es mir leidtut, dass es so gekommen ist."

Er nickte. „Gut. Danke. Es ist ja schon eine Weile her. Ich wollte eigentlich kein so ernstes Gespräch beginnen. Wie auch immer, meine Mutter hat Painter geliebt und es zeitlebens vermisst. Außerdem wollte ich herausfinden, ob ich jemanden aus der Familie meiner Mutter aufstöbern kann."

Während ihr noch durch den Kopf ging, was Daniels Rückkehr hierher zu bedeuten hatte, musterte sie ihn und überlegte, was sie ihm noch sagen könnte. Sie hatte nicht viel mehr über seine

Familie zu erzählen. Also begann sie mit dem Wenigen, das sie wusste. „Der Bruder Ihrer Mutter, Nelson Weaver, ist der Einzige, der noch in Painter lebt. Er wohnt auf dem alten Grundstück Ihrer Großeltern. Aber am besten sollten Sie mit meiner Mutter sprechen.“

Daniels Augenbrauen zogen sich hoch. „Wirklich? Warum ausgerechnet Ihre Mutter?“

Sie lächelte reumütig. „Weil sie jeden und alles kennt. Außerdem ist sie alt genug, um viel mehr über Ihre Familie zu wissen als ich. Ich kann Sie zu ihr bringen, wenn Sie möchten.“

„Das würde ich sehr gerne, wenn Sie denken, dass es ihr nichts ausmacht.“

Sophia verdrehte innerlich die Augen. Sie liebte ihre Mutter sehr, aber die Frau liebte es auch, sich einzumischen. Das gefiel Sophia zwar nicht immer, aber im Augenblick würde sich das zu Daniels Gunsten auswirken.

„Glauben Sie mir, es macht ihr nichts aus. Ich rufe sie gleich mal an.“

„Das wäre wirklich sehr nett.“

In diesem Augenblick kam ein weiterer Kunde an den Tresen. Sophia bereitete einen weiteren Kaffee zu und servierte ihn. „Wir schließen in einer Viertelstunde“, rief sie in den ganzen Raum.

Durch die Unterbrechung wurde ihr Gespräch mit Daniel etwas lockerer, was ihr guttat. Da sie wenig zu sagen hatte, wollte sie nicht unbedingt auf die traurige Situation um den Tod seines Bruders eingehen, denn sie konnte sich nicht vorstellen, dass das für ihn angenehm war.

Kurz darauf leerte sich der Coffee Shop und sie schickte sich an, den Laden zu schließen. Daniel hatte am Tresen gewartet. Als sie ihre Jacke vom Haken hinter dem Tresen zog, fiel sein Blick auf sie. „Darf ich Sie hinausbegleiten?"

Seine Frage überraschte sie, und sie erstarrte für einen langen Augenblick. Doch als er sie mit seinen blauen Augen ansah, konnte sie den Blick nicht abwenden und nickte, ohne nachzudenken.

Daniel hielt den Atem an, während er auf Sophias Antwort wartete. Er hatte bei Mile High Grounds angehalten und sich eingeredet, dass er nur einen Kaffee bräuchte. Im Hinterkopf fragte er sich, ob er dabei wohl auch Sophia begegnen würde und stellte sich erneut die Frage, ob sie wirklich so schön war, wie er sie in Erinnerung hatte. Das war sie ... und mehr als das. Er hatte eigentlich nicht vorgehabt, so unvermittelt nach seiner Familie zu fragen, aber er hatte sich bei ihr wohlgefühlt. Ihre Augen waren überrascht aufgeflackert, als er erwähnt hatte, dass er wusste, was mit seinem Bruder passiert war. Ohne Zweifel würde sich dieser Vorfall ins Gedächtnis von Painter eingebrannt haben. Er war heilfroh über die Unterbrechung durch den Kunden gewesen und dann die Geschäftigkeit vor der Sperrstunde, während Sophia sich von den anderen Kunden verabschiedet hatte. Auch wenn ihn Davids Tod belastete, hatte er die meiste Zeit seines Lebens Zeit gehabt, sich damit abzufinden. Er war froh, dass das Gespräch auf natürliche Weise weiterging.

Sophia nickte schließlich und ihre grünen Augen leuchteten mit einem Hauch von Unsicherheit. Er wartete an der Tür, während sie das Licht ausschaltete und das Schild im Fenster auf „geschlossen" stellte. Anschließend folgte er ihr hinaus auf den Bürgersteig.

Es war früher Abend und die Sonne ging wieder einmal prächtig über den Bergen unter. Der Himmel war mit Aquarellfarben in verblassendem Orange und Rot bemalt und die goldene Kugel der Sonne leuchtete hell, als sie hinter dem Bergkamm unterging. Sophia trug schwarze Leggings und Cowboystiefel und eine lockere Jeansjacke über einem lilafarbenen T-Shirt.

Sie hielt auf dem Bürgersteig inne und wandte sich ihm zu. „Ich habe kein Auto, zu dem Sie mich bringen könnten", erklärte sie mit einem leichten Lächeln. „Ich bin zu Fuß zur Arbeit gegangen."

Eigentlich wollte er lediglich ein paar weitere Minuten in ihrer Gegenwart gewinnen, denn sie zog ihn an wie keine andere, aber plötzlich reichte ihm das nicht mehr. Er war selbst überrascht über seine nächsten Worte, denn er dachte an nichts anderes, als dass er mehr Zeit mit ihr verbringen wollte.

„Wie wäre es mit einem Abendessen?"

Ihre grünen Augen weiteten sich. Eine leichte Brise wehte ihr das dunkle Haar ins Gesicht. Sie strich es aus ihren Augen und musterte ihn die ganze Zeit über. Es schien, als würde sie über etwas nachdenken. „Einverstanden. Abendessen. Aber falls es Ihnen nichts ausmacht, würde ich gerne bei mir zu Hause essen. Meine Hündin Daisy wäre ziemlich sauer auf mich, wenn ich sie nicht bald füttern würde." Ein Grinsen breitete sich auf ihrem Gesicht aus, als sie über ihren Hund sprach.

Daniel nickte. „Aber klar. Ich freue mich schon darauf, Daisy kennenzulernen. Kann ich Sie dann mitnehmen?"

„Es ist nicht weit, aber sicher."

Nur wenige Minuten später bog er in eine kurze Auffahrt ein, die steil den Hang hinaufführte. Ihr Haus war ein bezaubernder, weiß gestrichener Bungalow mit einem roten Ziegeldach, umgeben von anderen ähnlichen Häusern. Ihr Garten war übervoll mit Blumen. Als er ihr in ihre Wohnung folgte, wurden sie von einem tiefen Bellen begrüßt. Sophia kniete sofort nieder und schlang ihre Arme um einen riesigen Hund.

Dann stand sie auf und warf ihm einen Blick zu. „Das ist Daisy", verkündete sie und deutete auf einen Hund, der ihr bis zur Taille reichte. Daisy war ein stattliches Tier und hatte graues Fell. Sie musterte Daniel neugierig, ihre dunklen Augen blinzelten einen Augenblick lang, bevor sie an seine Seite trat und an seiner Hand schnupperte. Er streichelte ihr den Kopf und war erstaunt über ihre Größe.

„Ist sie eine Deutsche Dogge?"

Sophia nickte. „Ja. Sie ist eine sanfte Riesin. Sie ist zwar erst zwei Jahre alt, aber trotzdem total lieb und sanftmütig."

Daisy lehnte ihren Kopf in seine Hand, ihr Blick war freundlich und liebevoll. Sophia zog ihre Stiefel aus und hängte ihre Jacke an die Tür. Sobald sie anfing, weiter in die Wohnung zu gehen, folgte Daisy ihr. Sophia blickte zurück zu ihm. „Sie können Ihre Jacke gerne aufhängen."

Sobald er das getan hatte, folgte er ihr durch das Wohnzimmer und durch einen Torbogen in die Küche. Das Haus war warm und einladend. Die Fenster des Wohnzimmers blickten auf die Berge und durch ein Erkerfenster konnte man die untergehende Sonne sehen. Eine salbeigrüne Couch mit verstreuten Kissen nahm den Großteil des Wohnzimmers ein. Überall standen Pflanzen. Die Küche war klein und gemütlich. Ein wunderschön erhaltener Keramikofen bildete das Herzstück. Die Arbeitsflächen waren aus poliertem Schiefer. In der Ecke stand ein runder Tisch.

Die letzten Sonnenstrahlen fielen durch ein Seitenfenster und tauchten den Raum in ein sanftes Licht. Sophia bereitete schnell eine ziemlich große Schüssel mit Futter für Daisy vor, die während des Wartens leichte Anzeichen von Ungeduld zeigte. Sobald Daisy mit dem Essen beschäftigt war, blickte Sophia zu ihm auf. Ihre Hand ruhte auf der Wölbung ihrer üppigen Hüfte. Ihr Haar fiel ihr über die Schultern. Daniel versuchte, seinen Blick von ihren Brüsten abzuwenden, aber das war verdammt schwierig, da sich ihr T-Shirt eng über sie spannte.

„Also gut, jetzt, wo Daisy zu Abend gegessen hat, können wir uns darüber unterhalten, was wir uns gönnen wollen. Wie wäre es mit einer Pizza aus der besten Pizzeria der Stadt?“

„Klingt hervorragend. Wo gibt es denn die beste Pizza der Stadt?“

Sie schnappte sich eine Speisekarte vom Kühlschrank, der mit Speisekarten und Postkarten übersät war, und warf sie ihm zu. „Painter’s Pizza. Die gibt es schon ewig. Am Anfang war es klassische Deep Pan. In den letzten Jahren haben sie allerdings ihr Angebot um gesündere Varianten erweitert, um den Collegekids und dem Gesundheitswahn Rechnung zu tragen. Es gibt sogar glutenfreie Pizza, wenn Sie darauf Wert legen.“

Sie setzte sich an den Küchentisch und bedeutete ihm, sich zu ihr zu setzen. Nach ein paar Augenblicken wölbte sie eine ihrer dunklen Brauen. „Nun, was meinen Sie?“

Er reichte ihr die Speisekarte zurück. „Ehrlich gesagt, ich esse alles. Wenn Sie lieber die klassische Variante mit Salami möchten oder etwas Ausgefallenes mit Gemüse, ist das auch in Ordnung. Was wäre Ihnen am liebsten?“

Sophia drehte die Speisekarte zwischen ihren Fingern hin und her. „Nehmen wir halb-halb. Ich liebe Salami, aber ich rede mir gerne ein, dass ich manchmal auch versuche, gesund zu leben. Die Spinat-Feta-Pizza dort ist einfach zum Niederknien."

„Klingt gut."

Sie holte ihr Handy aus der Tasche und gab schnell ihre Bestellung auf. Während sie warteten, stand sie auf und öffnete ihren Kühlschrank. „Bier? Wein?"

„Ein Bier, bitte."

Nachdem sie ihm eines gereicht hatte, bedeutete sie ihm, ihr ins Wohnzimmer zu folgen, nachdem Daisy mit dem Essen fertig geworden war. Die Zeit verging schnell. Man konnte sich leicht und angenehm mit Sophia unterhalten. Die einzige Ablenkung war das elektrische Summen, das wie ein Strom um sie herumwirbelte. Sie schien sich überhaupt nicht bewusst zu sein, welche Wirkung sie auf ihn ausübte, während er in ihrer Nähe kaum stillsitzen konnte. Als die Pizza kam, war sie so gut, wie Sophia versprochen hatte.

Währenddessen saugte er sie regelrecht in sich auf. Das dunkle Haar, das ihr über den Rücken fiel, ihre smaragdgrünen Augen, der zarte Bogen ihrer Augenbrauen, ihre geschwungenen Lippen und ihre üppigen Kurven. Im Laufe des Abends wurde ihm eines klar. Sein Verlangen nach Sophia war unbändig. Er wusste nicht, ob es daran lag, dass er erst kürzlich Bekanntschaft mit seiner Shifterseite gemacht hatte, aber die Begierde pochte in ihm auf eine Weise, wie er das noch nie erlebt hatte. Obwohl er aufgrund der Geschehnisse in seinem Leben in der jüngeren Vergangenheit keine Beziehungen gehabt hatte, besaß er dennoch ein gesundes Interesse an Frauen und war davor mit vielen ausgegangen. Aber was auch immer er für Sophia empfand, es brannte heiß und schnell. Sein Verstand haderte damit und mahnte ihn, sich zurückzuhalten und nichts zu überstürzen.

Daisy war auf dem Boden eingeschlafen, ausgestreckt und wie tot. Sophia erhob sich vom Sofa und griff nach seinem Teller, wobei ihre Finger die seinen berührten. Plötzlich jagte ein elektrischer Schlag durch ihn, der so stark war, dass es ihn nicht überrascht hätte, wenn er Funken gesehen hätte. Sie zog scharf den Atem ein. Der Teller zitterte in ihrer Hand, aber sie hielt ihn fest. Er wurde von unbändiger Lust durchströmt, deren Wucht ihn fast übermannte. Die Löwenseite in ihm, die er erst vor kurzem kennengelernt hatte, rumorte unter der Oberfläche seiner Haut.

Er stand auf und folgte ihr in die Küche, wo er sich gegen die Wand lehnte. Nachdem sie sich von der Spüle abgewandt hatte, blieb sie an der Theke stehen, die Hände um die Tischkante geschlungen. Er stieß sich von der Wand ab und machte ein paar Schritte in ihre Richtung, bis er schließlich ein Stück entfernt stehen blieb. „Hören Sie, ich, äh, das kommt jetzt vielleicht etwas unerwartet, aber ich würde Sie so gerne küssen, wie ich noch nie zuvor jemanden küssen wollte."

Ihr Blick aus ihren grünen Augen traf auf seinen. Sie schluckte, und er konnte sehen, wie ihr Puls an ihrem Hals zuckte. Da lösten sich ihre Hände langsam von der Arbeitsplatte und ihre Arme sanken auf ihre Seiten. Sie machte einen Schritt in seine Richtung und hielt inne. „Wie ...?"

Er zuckte mit den Schultern. Tief in seinem Innersten wusste er mit Sicherheit, dass das, was sich zwischen ihm und Sophia abspielte, etwas ganz Besonderes war. Auch wenn er sie gerade erst kennengelernt hatte. Er hielt ihren Blick fest. „Ich weiß nicht, wie.

Ich weiß nur, dass ich bei Ihnen etwas fühle, was ich noch nie zuvor gefühlt habe, und ich möchte nicht so tun, als ob es nicht da wäre. Ich möchte nichts überstürzen. Wir können uns Zeit lassen. Ich habe nur gedacht, dass ich vielleicht von Anfang an ehrlich sein sollte."

KAPITEL VIER

Sophia musterte Daniel, ihre Augen nahmen ihn in sich auf – großgewachsen, dunkel und so heiß, dass sie in seiner Gegenwart fast dahinschmolz. Auch wenn sie sich zuvor nicht sicher gewesen war, dass er ein Shifter war, wusste sie es jetzt ganz genau. Diese geballte Energie, der ursprüngliche Puls des Verlangens zwischen ihnen – diese Art von Energie konnte nur von einem Shifter kommen. Sie spürte, dass er davon genauso überwältigt war wie sie. Gestern war er in ihrem Café aufgetaucht und hatte ihr den Atem geraubt. Als er heute wieder erschienen war, war es, als würden in jedem Augenblick Flammen zwischen ihnen auflodern.

Als er sie um ein Abendessen gebeten hatte, hatte sie beschlossen, ihn hierher einzuladen, denn Daisy war ihr bestes Radar. Entweder würde es ein zwangloses Abendessen werden, oder sie würde herausfinden, ob Daniel Daisys Inspektion bestanden hatte. Und das hatte er mit Bravour getan. Daisy neigte zur Zurückhaltung, wenn sie sich bei einem neuen Menschen unsicher war. Bei Daniel hatte sie sich allerdings auf Anhieb wohlgefühlt. Sophia betrachtete Daniel und fragte sich, ob sie nicht völlig den Verstand verloren hatte. Sie erwog ernsthaft, diesen Mann zu küssen. Ihre Gedanken begannen, sich zu überschlagen. *Du hast einfach viel zu viel um die Ohren. Du kannst das doch nicht wirklich durchziehen. Du musst Heath helfen, du hast mit dem Laden zu tun, du musst für deine Eltern da sein ... Halt doch einfach mal die Klappe. Denk nur daran, was Vivi gesagt hat. Keine Ausflüchte, bevor überhaupt irgendwas passiert ist. Er hat doch bloß gesagt, dass er dich küssen möchte. Es ist nur ein Kuss. Was ist schon ein Kuss?* Während sie ihre innere Auseinandersetzung fortsetzte, konnte sie sich schon vorstellen, was Vivi sagen würde. *Vielleicht ist eine kleine Ablenkung ja genau das, was du jetzt brauchst.*

Sie schüttelte heftig den Kopf und versuchte, das Geplapper zum Schweigen zu bringen. Da neigte Daniel seinen Kopf zur Seite. „Habe ich wieder was verpasst?"

Ihre Wangen glühten, als sie den Kopf schüttelte. „Nein, äh, nur ..." Sie verstummte und errötete noch mehr. „Was meinen Sie mit 'wieder'?"

Sein Mund verzog sich zu einer Seite. „Nun, als ich Sie gestern gesehen habe, haben Sie genauso den Kopf geschüttelt, dabei hatte ich Ihnen nicht mal eine Frage gestellt."

Plötzlich sprudelte ein Kichern aus ihr heraus. Sie kam sich albern vor, weil sie beide Male versucht hatte, ihren verdammten Verstand auszuschalten. Und das alles nur, weil Daniel diese unfassbare Wirkung auf sie hatte. Es war ein ganzes Jahr her, dass sie jemanden geküsst hatte. Dating hatte ihr noch nie besonders großes Vergnügen bereitet. Es war nervig, herauszufinden, wer es wert war und wer nicht. In der eng vernetzten Welt der Shifter gab es immer noch eine zusätzliche Hürde zu überwinden. Shifter verpaarten sich nicht immer mit anderen Shiftern, aber die Hoffnung war immer da. In den letzten Jahren hatte das Schmugglernetzwerk, das in Painter aus dem Boden geschossen war, das Vertrauensverhältnis in der Shiftercommunity zerrissen. Es war nur ein kleiner Teil der Gemeinschaft, aber der Verrat saß tief. Keiner wusste, wem man trauen konnte, was es fast unmöglich machte, Beziehungen zu knüpfen. Ihr ging durch den Kopf, dass sie möglicherweise Grund hatte, an Daniel zu zweifeln. Daraufhin legte ihr Bauchgefühl heftigen Widerstand an den Tag. Sie mochte ihn nicht gut kennen, aber die Katze in ihr vertraute ihm vollkommen. Das wiederum bereitete ihr Unbehagen. Nur weil ihre urtümliche Seite ihm vertraute, hieß das noch lange nicht, dass sie sich einfach auf ihn einlassen sollte. Und doch war es so selten, dieses Vertrauen in Verbindung mit dem tiefen Gefühl der Sehnsucht zu spüren, das er in ihr hervorrief.

Da traf sie eine impulsive Entscheidung. Während Daniel sie noch ansah, rückte sie näher an ihn heran und hielt nur wenige Zentimeter von ihm entfernt inne. Sie versuchte sich zu erinnern, was er zuletzt gesagt hatte, aber das gelang ihr nicht. Als sie den Kopf neigte, um zu ihm aufzublicken, rutschte er noch ein Stückchen näher. „Heißt das ...?“

Sie nickte, bevor er seine Frage beenden konnte. Die Luft um sie herum erhitzte sich, ihr Bauch flatterte und ein Flammenmeer breitete sich in ihren Gliedern aus. Wie in Zeitlupe hob Daniel eine Hand und strich damit durch ihr Haar, bis seine Handfläche die Seite ihres Gesichts berührte. Mit dem Daumen strich er über ihren Puls. Sein Blick aus seinen blauen Augen brannte sich in ihren, als er sich nach vorne beugte. Ihr ganzes Wesen wölbte sich seiner Berührung entgegen und verlangte nach mehr. Plötzlich durchzuckte sie ein heftiges Verlangen. Seine Lippen landeten sanft an ihrer Stirn. Dann ließ er Küsse über ihr Gesicht regnen, von denen jeder einzelne elektrische Funken schlug. Heiße Schauer durchliefen sie. Schließlich trafen seine Lippen auf ihre. Sein Kuss begann sanft, wurde aber schnell heiß und tief, als sie gegen seinen Mund keuchte.

Die Tiefe ihres Verlangens wurde von seinem Kuss beantwortet – langsame, innige Berührungen seiner Zunge, die sich mit ihrer verband. Seine Hände wanderten über ihren Körper, seine Berührung war entschlossen und sicher. Ihr Unterleib krampfte sich zusammen. Heißes, brodelndes Verlangen wirbelte in ihrem Inneren. Sie beugte sich seiner Berührung, ihre Hände fuhren über seinen harten Körper. So ging ihr Kuss weiter und weiter. Ihre Katze erbebte unter ihrer Haut und schnurrte fast vor Befriedigung, als sie ihn unter ihrer Berührung spürte.

Als er sich schließlich von ihr löste, ging ihr Atem stoßweise. Ihr Geschlecht war durchtränkt von Verlangen und sie wollte ganz sicher nicht aufhören. Sie verharrten regungslos an Ort und Stelle. Daniels Handfläche ruhte auf ihrem Rücken, seine andere Hand war in ihrem Haar vergraben. Ihr Kopf lag an seiner Schulter und sie spürte das Pochen seines Herzens an ihr. Sie versuchte, sich zu sammeln, und langsam lichtete sich der Nebel in ihrem Kopf, obwohl ihr Verlangen nach ihm nicht im Geringsten nachgelassen hatte. Schließlich gewann ein wenig die Vernunft die Oberhand und erinnerte sie daran, dass es vielleicht klug wäre, die Sache ein wenig langsamer anzugehen. Er trat einen Schritt zurück und ließ seine Hand aus ihrem Haar gleiten. Dabei strich er ihr ein paar lose Strähnen hinters Ohr und verursachte mit seiner Berührung einen Schauer.

Dass das hier lediglich ein Kuss gewesen sein sollte, war die Untertreibung des Jahrhunderts.

———

Sophia klopfte energisch an die Küchentür ihres Elternhauses, bevor sie eintrat. Ihre Eltern lebten in dem Haus, in dem sie aufgewachsen war. Es lag ein paar Kilometer vom Stadtzentrum von Painter entfernt am Rande eines kleinen Tals. Das Bauernhaus war errichtet worden, als ihre Urgroßeltern vor über einem Jahrhundert aus Maine nach Painter gezogen waren. Es war elegant und einfach, ein Bauernhaus im Kolonialstil, gestrichen in einem sanften Grau mit grünen Verzierungen. Als sie in die Küche trat, fiel die Sonne in hellen Strahlen durch die hohen Fenster und schimmerte auf dem polierten Hartholzboden. Die Küche war mit modernen Geräten aus rostfreiem Stahl ausgestattet worden, hatte aber ihren ursprünglichen Charme behalten. Sophia hatte von ihrer Mutter die Liebe zu Pflanzen geerbt. In der Küche hingen Farne in den Ecken und Blumen auf den Fensterbänken.

„Hey Mom!", rief sie, als sie hereinkam.

Sie hörte eine gedämpfte Antwort und folgte ihr den Flur entlang in das Arbeitszimmer an der Vorderseite des Hauses. Ihre Mutter stand gerade von ihrem Schreibtisch auf, als sie eintrat. Lila Ashworths Haar war fast schwarz und mit silbernen Strähnen durchzogen. Es fiel ihr um die Schultern, während sie auf Sophia zuging. Ihre Augen waren dunkelbraun und funkelten normalerweise fröhlich, doch im letzten

Jahr, nach Heaths Autounfall und den darauffolgenden Ereignissen, war dieser Glanz fast erloschen.

Lila trat auf Sophia zu und legte ihre Hand auf Sophias Ellbogen. „Ich habe den ganzen Vormittag Arbeiten korrigiert und brauche jetzt unbedingt eine Pause. Vielleicht können wir ja zusammen eine Kleinigkeit essen."

Sophia begleitete ihre Mutter zurück in die Küche. Lila stellte ein kleines Tablett mit Käse und Crackern sowie einen Krug Limonade auf den Tisch und nahm Sophia gegenüber an dem kleinen Tisch Platz, der in einer Fensternische stand, von wo aus sie eine schöne Sicht auf den mit Blumen übersäten Garten hatte.

„Ich habe gedacht, du würdest diesen Sommer nicht unterrichten", begann Sophia, als sie die beiden Gläser mit Limonade füllte, die ihre Mutter hingestellt hatte.

Lila zuckte mit den Schultern. „Aber dann hat die Highschool angerufen, weil die Lehrerin, die für den Englischunterricht in der Sommerschule vorgesehen war, gekündigt hat. Es sind ja nur zwei Tage in der Woche. So habe ich etwas zu tun, und das ist auch gut so", meinte sie mit einem schiefen Lächeln.

Sophia hielt den Blick ihrer Mutter einen langen Augenblick lang fest. „Hast du etwas von Heath gehört?"

Lila nahm einen Schluck Limonade und nickte. „Er hat gestern Abend angerufen. Jedes Mal, wenn wir uns miteinander unterhalten, klingt er besser. Wenn er sich noch einmal entschuldigt, möchte ich laut losschreien, aber er entschuldigt sich trotzdem immer wieder."

Nach seiner Verhaftung, weil er versucht hatte, Heroin zu kaufen, hatte Heath mit dem örtlichen

Staatsanwalt einen Deal ausgehandelt, der vorsah, dass er einen Entzug machen und nach seiner Rückkehr Sozialstunden ableisten würde. Sollte er ein Jahr lang clean bleiben, würde die Anklage fallengelassen werden. Er war jetzt seit über einem Monat in der Entzugsklinik. Jedes Mal, wenn Sophia versuchte, die Tatsache zu begreifen, dass Heath so abhängig von Schmerzmitteln geworden war, dass er sich auf die Suche nach Heroin begeben hatte, fühlte sie sich, als wäre sie in einem Paralleluniversum gelandet. Vor seinem Autounfall war Heath kerngesund und zuverlässig wie ein Fels in der Brandung gewesen. Er war direkt nach dem Schulabschluss zur Armee gegangen, hatte sich bei den Special Forces der Marines hochgearbeitet und ein ehrbares Leben geführt. Sein Unfall hatte seine militärische Laufbahn zum Scheitern gebracht, obwohl er glücklicherweise ehrenhaft entlassen worden war, bevor er verhaftet worden war. Jetzt arbeitete er sich zurück in das Leben, das er vorher geführt hatte. Sophia unterhielt sich jede Woche mit ihm, aber sie wusste, dass er fast jeden Tag mit ihren Eltern sprach. Der Bruder, den sie gekannt und geliebt hatte, war von Schuldgefühlen wegen der Ereignisse des letzten Jahres geplagt. Egal, wie oft sie sich daran erinnerte, dass nur Heath allein für seine Taten verantwortlich gemacht werden konnte, war sie immer noch stinksauer auf das Schmugglernetzwerk und wie einfach es die Bewohner von Painter in den Abgrund zog.

„Er wird sich wahrscheinlich wieder und wieder entschuldigen, also solltest du dich wohl daran gewöhnen", antwortete Sophia. „Er fühlt sich furchtbar. Ich bin nur erleichtert, dass er endlich Hilfe bekommt. Ich wünschte, wir hätten damals schon geahnt, wie sehr diese verdammten Schmerzmittel süchtig machen können." Sie schüttelte heftig den Kopf und griff nach einem Cracker.

Lila sah ihr einen langen Augenblick lang zu, bevor sie selbst den Kopf schüttelte. „Genug davon. Dein Vater sagt mir ständig, ich soll endlich darüber hinwegkommen. Seit du neulich die Familie Hayes erwähnt hast, habe ich mich gefragt, wie es ihrem Sohn heute wohl geht. Er müsste doch jetzt ungefähr zweiunddreißig Jahre alt sein. Ich kann gar nicht glauben, dass es so lange her ist, dass sie weggezogen sind. Hast du ihn denn wiedergesehen?"

„Ja, habe ich. Und ich muss dich irgendwie um einen Gefallen bitten."

Lila neigte ihren Kopf zur Seite und nickte, damit Sophia fortfahren konnte.

„Er hat mich gefragt, was ich ihm über seine Familie sagen könnte. Aber da ich ja nicht viel weiß, habe ich ihm vorgeschlagen, sich mit dir zu unterhalten. Ich hoffe, das stört dich nicht."

„Aber natürlich macht es mir nichts aus. Weiß er denn überhaupt, was seinem Bruder zugestoßen ist?"

„Ja, das tut er. Ich habe zwar nicht danach gefragt, aber er hat es von sich aus angesprochen. Wahrscheinlich habe ich meinen Gesichtsausdruck nicht gerade gut verbergen können, als er nach seiner Familie gefragt hat. Ich schätze, er würde gerne mehr über sie erfahren. Und da nur noch Nelson Weaver übrig ist und ich den kaum kenne, habe ich gedacht, du hättest viel mehr zu erzählen. Du kennst doch alle und jeden."

Lila lachte leise. „Nicht alle und jeden, aber ich kenne fast jeden in Painter. Ich habe seine Mutter gekannt, weil wir zusammen aufgewachsen sind. Auch seinen Onkel, aber Nelson ist in den letzten Jahren so gut wie von der Bildfläche verschwunden. Nachdem David gestorben war, waren Daniels Großeltern am

Boden zerstört. Die beiden haben sich zurückgezogen. Die ganze Sache war einfach schrecklich. Es war schon schlimm genug, dass David vor all den Kindern auf dem Spielplatz erschossen worden war, aber es hat auch einige Shifter gegeben, die die Familie beschuldigt haben, Shifter in Gefahr zu bringen."

„Was meinst du damit?"

„Der Mann hat zwar einen Berglöwen erschossen, aber als David zu Boden gefallen war, hat er sich wieder in seine menschliche Gestalt verwandelt. Das war natürlich furchtbar. Zum Glück hat die hiesige Polizei die Sache vertuscht. Gerüchte über Shifter waren schon immer ein Thema, aber es hat Jahre gedauert, bis sich die Lage wieder beruhigt hat. Und in den letzten Jahren waren die Leute wieder ziemlich angespannt, wegen dieses verdammten Schmugglernetzwerks."

Sophia saß einen Augenblick lang ganz ruhig da und nahm auf, was ihre Mutter da gesagt hatte. Shifter hatten sich so lange erfolgreich im Verborgenen gehalten, dass sie manchmal ganz vergaß, wie gefährdet ihre Geheimhaltung sein konnte. Es brauchte lediglich so etwas wie den Vorfall mit Daniels Bruder oder einen der Schmuggler, der am falschen Ort und zur falschen Zeit erwischt wurde. Sie holte tief Luft und kehrte mit ihren Gedanken in den Augenblick zurück.

„Die ganze Sache ist so traurig. Es scheint, als würde dieser Vorfall alles andere hinsichtlich Daniels Familie überschatten."

Lila nickte, ihre Augen waren von Traurigkeit gezeichnet. „Das ist wohl schwer zu vermeiden. Das einzig Gute für Daniel ist, dass das alles nun schon so lange her ist. Ich kann ihm davon berichten, wie seine Mutter vor all dem gewesen ist. Auch seinen Vater habe ich ein wenig kennengelernt, aber der war aus der

Nachbarstadt, also habe ich ihn nicht so gut gekannt. Wenn du Daniel das nächste Mal begegnest, sag ihm doch bitte, dass ich mich freuen würde, mich mit ihm zu unterhalten. Vielleicht kannst du ihn bald mal hierher mitbringen?"

„Das hatte ich gehofft", antwortete Sophia mit einem Grinsen.

Lila musterte sie einen langen Augenblick lang. „Sag mal, was läuft da eigentlich zwischen dir und ihm?"

Sophia spürte ein Stechen in ihrer Mitte. Ihre Mutter war beunruhigend gut darin, alles an ihr zu bemerken. Sie stieß innerlich einen Seufzer aus. Wenn sie versuchte, es zu verbergen, würde ihre Mutter sofort dahinterkommen. Sie zuckte mit den Schultern. „Keine Ahnung. Ich habe ihn ja gerade erst kennengelernt, aber er ist, äh ..." Ihre Wangen wurden ganz heiß, als ihr die Erinnerung an seine Lippen auf den ihren durch den Kopf schoss.

Ihre Mutter grinste. „Jeder Mann, der dich dazu bringen kann, ihn überhaupt wahrzunehmen, muss verdammt beeindruckend sein! Ich kann mich kaum noch daran erinnern, wann du das letzte Mal überhaupt ein Date gehabt hast."

Sophia ächzte auf und funkelte ihre Mutter beinahe an. „Er ist einfach nur ein netter Typ. Mach doch nicht so ein Fass auf."

Ihre Mutter gluckste. „Na gut. Ich lasse dich in Ruhe. Aber sag mir Bescheid, wann du mit ihm vorbeikommst."

Zum Glück nahm das Gespräch von da eine andere Wendung. Kurze Zeit später verließ Sophia das Haus und machte sich auf den Weg zu Vivis Zuhause. Als sie dort ankam, stand Vivi auf der Veranda. Sophia lief die Treppe hinauf und ließ sich auf einen Stuhl plumpsen.

Vivi warf ihr einen Blick zu, während sie weiter Basilikum schnitt.

„Na du. Auf dem Weg nach Hause?"

Sophia nickte. „Da ich dabei gezwungenermaßen auch an deinem Haus vorbeikomme, habe ich mir gedacht, ich könnte dir einen kleinen Besuch abstatten", antwortete sie mit einem Grinsen.

Vivi hatte sich wieder dem Basilikum zugewandt, schnippelte die Blätter ab und warf sie in eine kleine Schüssel. Jax sprang auf Sophias Schoß und schnurrte sofort, als sie ihm mit einer Hand über den Rücken strich. Nach ein paar Augenblicken legte Vivi die Schere ab und nahm auf dem Stuhl neben Sophia Platz. Ihr Blick war nachdenklich.

„Was ist denn los?", fragte Sophia.

Vivi schwieg einen Augenblick lang, bevor sie antwortete. „Ich habe mich gefragt, ob du vielleicht Lust hast, mit mir eine Runde durch die Berge zu laufen."

Sophia wurde ganz mulmig zumute. Seit Heath verhaftet worden war, hatten sie und Vivi ihre eigenen kleinen Nachforschungen über das Schmugglernetzwerk angestellt. Das offene Geheimnis der schmuggelnden Shifter schwelte in den letzten Jahren unterschwellig in Painter. Die Polizei hatte zwar einige Verhaftungen vorgenommen, aber dabei kaum Fortschritte erzielt. Nachdem bekannt geworden war, dass das Netzwerk seine Tentakel bis nach Catamount, im Bundesstaat Maine, dem Geburtsort der Shifter, ausgestreckt hatte, waren Gerüchte aufgetaucht, dass jemand, ein sehr geheimnisvoller Jemand, für den ganzen Schlamassel in Painter verantwortlich war. In Catamount war es gelungen, an die Ursache des Übels heranzukommen, also fanden Sophia und Vivi, dass genau das auch in Painter passieren musste. Heaths

Umstände hatten sie schließlich bloß in ihrem Beschluss bestärkt, irgendetwas zu tun, um dem Netzwerk das Handwerk zu legen.

Sie begegnete Vivis Blick. „Ja, natürlich. Irgendwelche Neuigkeiten?"

Vivi zuckte mit den Schultern. „Vielleicht, vielleicht auch nicht. Ich war gestern Abend im Quinn's und habe gehört, wie ein paar Jungs etwas von einem Treffpunkt in den Wäldern südlich der Stadt erzählt haben. Ich habe mir überlegt, dass wir uns auf den Weg machen und nachsehen könnten, was wir dort so finden."

Das Quinn's war ein beliebtes Restaurant und eine Bar in Painter, wo praktisch jeder in der Stadt einkehrte. Vivi arbeitete dort gelegentlich, wenn sie Verstärkung an der Bar brauchten. Eigentlich leitete sie eine kleine Landschaftsgärtnerei, aber als alleinerziehende Mutter war sie froh über jeden zusätzlichen Cent.

Sophia warf einen Blick auf ihre Uhr. „Ich habe noch ein paar Stunden Zeit, bevor ich zum Coffee Shop muss, um dort abzuschließen. Wenn wir uns umsehen wollen, sollten wir jetzt gleich aufbrechen."

———

Sophia stand an einem Bach, der etwa einen Kilometer weit in den Wald hineinführte. Sie und Vivi wanderten hier oft, aber sie wandelten sich nie, bevor sie nicht weit genug im Wald waren, um sich ungesehen wandeln zu können. Vögel zwitscherten in den Bäumen. Nachdem sie sich ein letztes Mal umgesehen hatte, um sicherzugehen, dass sie allein waren, wandelte Sophia sich. Eine Welle von Energie durchströmte sie, ihre Haut kribbelte, und ihr Fell begann, sich über ihren Körper zu ziehen. Geballte Kraft stieg in ihr auf, als ihre Katze hervortrat. In Sekundenschnelle waren sie und Vivi lautlos auf ihrem Weg durch die Bäume und tiefer in die Berge unterwegs. Vivi hatte nur ungenaue Informationen darüber, wo sich dieser angebliche Treffpunkt befand, aber der Vorteil der Suche in Löwengestalt war, dass sie in kurzer Zeit größere Strecken zurücklegen konnten.

Sie bewegten sich im Gleichschritt durch die Bäume und hielten inne, um die Gegend zu erkunden. Sophia genoss die Ruhe und das Gefühl der Freiheit, wenn ihre Wildkatze frei herumlaufen konnte. Nach einigen Kilometern spürte Sophia, dass jemand in der Nähe war. Sie hielt inne und Vivi erstarrte an ihrer Seite. Sie verharrten in der Stille und lauschten. Ihre Katzensinne waren so viel stärker als ihre menschlichen Sinne. Ein Shifter in Menschengestalt verfügte zwar über weitaus ausgeprägtere Sinne als ein normaler Mensch, doch nicht über die volle Leistungsfähigkeit seiner Löwenkräfte. In der Ferne hörte sie menschliche Stimmen, aber sie konnte auch einen Hauch von Berglöwen wahrnehmen. Da es selten war, Löwen und Menschen in derselben Gegend zu wittern, bedeutete das wahrscheinlich, dass Shifter in der Nähe waren.

Sie und Vivi setzten sich zügig in Bewegung und hielten sich am Bergkamm und im Schutz der Bäume. Sie befanden sich in der Nähe eines kleinen Tals, das sich vor ihnen öffnete. Nach einigen Augenblicken lautlosen Dahinschleichens hielten sie hinter einem riesigen Felsbrocken am Waldrand inne. Von dort aus konnten sie einen Blick in das kleine Tal werfen. Auf der anderen Seite des Tals erhob sich eine alte Jagdhütte an einem Bach. Die Hütte war so alt, dass sie sich auf eine Seite hin neigte. Sophia erinnerte sich daran, dass sie schon einmal durch dieses Gebiet gekommen war. Auf einer kleinen Lichtung neben der Hütte standen zwei Männer und unterhielten sich. Sophia und Vivi beobachteten sie leise. Während sie zusahen, tauchten zwei Berglöwen in den Bäumen hinter der Hütte auf. In Sekundenschnelle nahmen sie menschliche Gestalt an und tauchten einen Augenblick später wieder auf der Lichtung auf. Die Männergruppe verschwand in der Hütte, als Sophia Vivis Blick auffing und ihren Kopf in Richtung Tal schwang. Kurzerhand schlüpfte Sophia hinter dem Felsen hervor und eilte am Waldrand entlang, um das Tal zu umrunden und sich der Hütte zu nähern. Adrenalin durchflutete sie, und ihre Wut trieb sie an. Sie musste unbedingt herausfinden, wer zum Teufel sich hier aufhielt und warum.

Sie spürte, wie Vivi an ihre Seite eilte und gegen ihre Schulter stieß, als sie sich der anderen Seite des Tals näherten. Die Hütte war nun nah genug, dass sie durch die Fenster Bewegungen ausmachen konnte. Wieder stupste Vivi sie kräftiger an. Doch Sophia schenkte ihr keine Beachtung und wich zwischen den Bäumen hindurch aus. Da stürzte sich Vivi mit einem leisen Knurren auf sie, wodurch sie aus dem Gleichgewicht geriet. Sie rappelte sich auf, um wieder auf die Beine zu kommen, aber Vivi ließ das nicht zu. Vivi stieß sie gleich wieder zu Boden. Sophia wusste, dass Vivi sie davon abhalten wollte, etwas Unüberlegtes anzustellen, aber in diesem Augenblick wollte sie nicht darauf hören. Als sie erneut versuchte, sich zu wehren, fackelte Vivi nicht lange und zog ihr kurzerhand eins über.

Sophia lenkte schließlich ein, als sie Stimmen bei der Hütte hörten. Gemeinsam verharrten sie in den Bäumen und warteten, bis es für einige lange Augenblicke still war. Anschließend verschwanden sie wieder in den Bäumen und folgten ihrem Weg zurück. Dann nahmen sie wieder ihre menschliche Gestalt an und liefen schnell zu Sophias Auto. Sie sagten nichts, bis sie im Auto saßen und beide Türen geschlossen waren.

Vivi nahm einen Schluck aus ihrer Wasserflasche, bevor sie sprach. „Nun, verdammt. Ich frage mich, wie lange sie diese Kerle dort schon treffen. Kennst du jemanden von ihnen?"

Sophia schaute zu ihr hinüber, bevor sie das Auto startete. „Schwer zu sagen, aber ich vermute, die beiden Shifter, die in den Bäumen aufgetaucht sind, waren Randy und Doyle Norman."

Fast hätte sie ihre Namen gezischt. Randy und Doyle waren die Dealer, die Heath aufgesucht hatte. Die beiden waren zusammen mit ihm verhaftet worden, hatten es aber irgendwie geschafft, auf Kaution freizukommen, während sie auf ihren Prozess warteten. Alles daran machte sie stinksauer. Heaths Leben war völlig aus den Fugen geraten, während Randy und Doyle einfach weitermachen konnten wie bisher.

Vivi nickte. „Das habe ich mir schon gedacht. Aber ich habe die beiden Jungs, die schon da waren, nicht richtig erkennen können. Du etwa?"

„Nein. Die beiden standen fast die ganze Zeit mit dem Rücken zu uns." Sie startete ihr Auto und setzte auf dem kleinen Parkplatz zurück. Das Gebiet, in dem sie wandern waren, war ein öffentliches Naturschutzgebiet. Es gab nur einen einzigen ausgeschilderten Weg, der vom Parkplatz wegführte. Sie fuhr schnell zurück in die Stadt und hielt in Vivis Einfahrt.

„Und jetzt?", fragte sie und blickte Vivi an.

„Ich muss heute Abend wieder eine Schicht im Quinn's übernehmen. Dort höre ich mich mal um."

Vivi strich sich die Haare aus dem Gesicht und band sie schnell zusammen. „Die gute Nachricht ist, dass wir zumindest einen Ort kennen, den Randy und Doyle aufsuchen."

„Ja, aber wir wissen nicht, ob das etwas zu bedeuten hat."

Vivi wandte sich ihr zu. „Ich weiß, dass du immer nur das Gute im Menschen siehst, aber wir wissen Folgendes: Randy und Doyle sind bereits wegen Dealerei angeklagt worden. Es hat Gerüchte gegeben, dass sie mit den Schmugglern zu tun haben könnten. Und jetzt wissen wir, dass sie sich in einer alten, verlassenen Hütte mitten im Nirgendwo treffen. Du magst vielleicht keine Vermutungen anstellen wollen, aber ich habe kein Problem damit. Wir müssen bloß der Spur der Brotkrümel weiter folgen. Nach dem, was mit Heath passiert ist, können wir nicht hoffen, dass sich die Sache von selbst erledigt."

Sophia lehnte ihren Kopf zurück und seufzte. „Ich weiß, ich weiß. Ich bin das alles bloß so leid." Sie hatte das Gefühl, dass sie immer erschöpfter wurde, seit sie an jenem Tag zum Telefonhörer gegriffen hatte und ins Krankenhaus gerast war, um Neuigkeiten über Heath zu erhalten. Sein Leben war an diesem Tag völlig aus dem Ruder gelaufen und hatte sich erst jetzt, vielleicht, nur vielleicht, so weit eingependelt, dass er wieder auf die Beine kam. Die einzige Auszeit, die sie erlebt hatte, war, als sie Daniel kennengelernt hatte. Abgesehen von der Anziehungskraft, die zwischen ihnen herrschte, war er wie ein frischer Wind in ihrem Leben und lenkte sie von den unaufhörlichen Sorgen in ihrem Kopf ab.

Vivi beugte sich vor und drückte ihr einen Kuss auf die Wange. „Das geht uns doch allen so. Denk einfach an Heath."

Sophia sah Vivi hinterher, wie sie die Treppe hinauflief. Sie konnte ja verstehen, warum Vivi sie daran erinnerte, an Heath zu denken, aber diese Mahnung war völlig unnötig gewesen. Außerdem musste sie einen inneren Kampf ausfechten, um nicht gleich zu den Cops zu rennen, aber das schien auch nicht viel zu bringen. Mit einem weiteren Seufzer setzte sie den Wagen zurück und fuhr die kurze Strecke zu ihrem Haus.

KAPITEL FÜNF

Daniel jagte durch den Wald und bahnte sich seinen Weg den Berghang hinauf. Eine sanfte Brise wehte durch die Bäume und strich durch sein Fell. Seit er nach Painter gezogen war, erkundete er täglich die Wälder und Berge. Sein Löwe rief nach ihm, und er konnte nicht leugnen, dass er das Gefühl von Macht und Freiheit genoss, das ihn jedes Mal überkam, wenn er sich wandelte. Die meisten Bäume in dieser Gegend waren Espen, deren Blätter sich im Wind wiegten. In dem Jahr, in dem er seine wahre Natur kennengelernt und erfahren hatte, wie er sich wandeln konnte, verbrachte er so viel Zeit wie möglich damit, ungehindert durch den Wald und die Berge zu streifen. Der Umzug nach Painter hatte ihn seiner Löwenseite noch nähergebracht, vor allem, weil die Stadt inmitten der Berge lag. In jedem Augenblick, den er draußen verbrachte, riefen die Berge nach ihm. Er fragte sich, ob der Drang, sich zu wandeln, wohl etwas nachlassen würde, nachdem er genug Zeit gehabt hatte, diese Erfahrung auszukosten.

Für den Augenblick jedenfalls stieg er weiter den

Berghang hinauf. Er liebte es, dass er als Löwe so wendig war. Mit Leichtigkeit kletterte er auf Klippen und überquerte Felsvorsprünge, die er in Menschengestalt nie in Betracht gezogen hätte. Während er sich so durch die Bäume schlängelte, witterte er einen anderen Berglöwen in der Nähe. Auf der einen Seite des Waldes befand sich ein kleines Tal. Aus dieser Richtung wehte der Geruch zu ihm herüber. Er verharrte einen Augenblick, bevor er sich vorsichtig zu einem Aussichtspunkt am Rande der Bäume vorarbeitete.

Auf der anderen Seite des Tals schien sich eine verlassene Hütte zu erheben. Das Gebiet um die Hütte herum wies Spuren kürzlicher Geschäftigkeit auf. Das hohe Gras war niedergetrampelt. Die Tür stand offen. Während Daniel sich umsah, kam ein weiterer Berglöwe in Sicht. Dieser verharrte am Rande der Bäume, bevor er auf das offene Feld hinaustrat. Vor Daniels Augen nahm der Berglöwe Menschengestalt an, schlenderte gelassen zu der kleinen Hütte und streifte sich an der Tür Klamotten über.

Obwohl Daniel wusste, dass es Shifter gab und er selbst einer war, hatte er noch nie gesehen, wie ein anderer Mensch sich gewandelt hatte. Nur auf Anraten seiner Mutter hatte er sich allein in die Berge gewagt und war dabei durch den Vorgang des Wandelns gestolpert. Das einmal von außen beobachten zu können, war überwältigend. Seine Sinne mahnten ihn, dass hier irgendetwas im Gange war, aber er hatte nur sein Bauchgefühl und wusste nichts Näheres. Also hielt er still und beobachtete weiter. Einen langen Augenblick später tauchte der Kerl, der die Hütte betreten hatte, wieder auf, gefolgt von einem anderen. Blitzschnell wandelten sich beide und stürmten in den Wald. Er musste sich sehr zusammenreißen, um nicht hinterherzulaufen. Einzig der schwache Halt seines menschlichen Verstandes hielt ihn zurück. Seine Mutter hatte ihn unter anderem vor dem Revierverhalten anderer Shifter gewarnt. Sie hatte zwar darauf vertraut, dass er sich behaupten könnte, aber er sollte in der Wildnis keine überstürzten Entscheidungen treffen, weil dort die menschlichen Regeln und Gesetze nicht galten.

So blieb er, wo er war, und lauschte dem Rascheln der beiden Löwen, die sich immer weiter von ihm entfernten. Mit vielen Fragen im Kopf wandte er sich ab und hastete durch die hereinbrechende Dunkelheit zurück nach Hause.

Als er nach seiner Rückkehr in die menschliche Gestalt wieder nach Hause kam, fühlte er sich ruhelos und getrieben. Sophia schwirrte ihm durch den Kopf. Nach ihrem Kuss neulich ging sie ihm einfach nicht mehr aus dem Kopf. Und da er jederzeit eine Tasse Kaffee gebrauchen konnte, war das der ideale Vorwand, um Sophia zu sehen. Also schnappte er sich seine Jacke und machte sich auf den Weg.

Sophia genoss die emsige Arbeit, ein Kaffeegetränk nach dem anderen zuzubereiten. Sie brühte einen weiteren Espresso für das nächste Getränk und reichte ihn an Tommy weiter, der an ihrer Seite stand. Es war gerade Prüfungswoche für die Collegestudenten, und so war das Mile High Grounds bis zum Bersten voll mit Studenten, die lernten und sich einen Kaffee gönnten, bevor sie sich auf den Weg zu verschiedenen Orten machten, um die Nacht durchzupauken. Der Kundenstrom an der Theke verlangsamte sich erst, als die Sonne hinter dem Bergkamm unterging. Sie war

gerade damit beschäftigt, die Espressomaschine abzu-
wischen, als Tommy ihr auf die Schulter klopfte.

„Was?", fragte sie.

Er stieß nur sein Kinn in Richtung der Tür, mit
einem Schimmer von Fröhlichkeit in seinen braunen
Augen. An der Tür sah sie gerade Daniel herein-
kommen – groß, dunkel und viel zu heiß für diese
Welt. Ihr stockte der Atem und Schmetterlinge kribbelten in ihrem Bauch. *Reiß dich zusammen. Ein Kuss und
schon bist du gaga. Das muss daran liegen, dass du schon so
verdammt lange niemanden mehr geküsst hast. Nein, das ist es
nicht. Es ist Daniel. Du magst ihn und du solltest dich besser
in den Griff kriegen, schließlich ist er bloß den Sommer über
hier. Ein Grund mehr, ein bisschen Spaß zu haben.* In ihrem
Kopf spielte sich ein kleines Tennisspiel ab, bei dem
die Bälle hin und her geschlagen wurden. Sie schüttelte den Kopf und sah, wie Tommy sie ansah und sich
ein Lachen verkneifen musste.

„Was?", fragte sie erneut.

Tommy zuckte mit den Schultern. „Ich habe dich
doch neulich mit dem heißen Typen fortgehen sehen.
Da habe ich mich schon gefragt, was los ist und jetzt
weiß ich es."

Sie stemmte eine Hand in die Hüfte und funkelte
ihn an. „Ich bin doch nur mit ihm rausgegangen."

Tommy schüttelte den Kopf. „Ich habe doch gesehen, wie du zu ihm ins Auto gestiegen bist. Vielleicht
geht mich das ja alles nichts an, aber ich finde, du hast
verdient, auch ein wenig Spaß zu haben."

Tommy drückte es zwar nicht direkt aus, aber sie
wusste, dass er sich damit auf das letzte Jahr und alles,
was seit Heaths Unfall passiert war, bezog. Da seine
Familie der ihren sehr nahestand, wusste er ganz
genau, was Heath durchgemacht hatte und welche
Sorgen seine Familie und Freunde hatten. So sehr sie

sich auch über ihn ärgern wollte, sie wusste doch, dass er es nur gut meinte. Also verdrehte sie bloß die Augen und machte sich wieder ans Putzen, wobei sie sich auf kleinen Knöpfe und die verschiedenen Teile der Espressomaschine konzentrierte.

„Ich kenne ihn doch kaum, also komm bloß nicht auf dumme Gedanken."

Nachdem Tommy lange genug geschwiegen hatte, sah sie auf. Seine Augen hatten sich verdüstert. „Ich habe gehört, dass sein Bruder der kleine Junge war, der auf dem Spielplatz erschossen worden ist."

Traurig krampfte sich ihr Herz zusammen. Sie seufzte und hielt inne. „Das stimmt, aber tratsch nicht darüber. Es ist schlimm genug, dass er seinen Bruder verloren hat. Da hat er es nicht verdient, dass alle Shifter aus Painter hinter seinem Rücken über ihn tuscheln."

Tommy war zwar jünger, aber er hatte ein gutes Herz. Er nickte. „Ich weiß. Ich war nur neugierig, ob du auch schon davon gehört hast."

In diesem Augenblick erreichte Daniel den Tresen. Sophia konnte nicht anders, als zu ihm aufzuschauen. Ihr Körper vibrierte in seiner Gegenwart wie eine Stimmgabel. Sobald sie aufblickte, fand sie sich im Netz seines Blicks gefangen. Er stand einfach nur da, eine Hand lässig in der Tasche seiner Jeans vergraben. Ihr Blick fiel sofort auf den Streifen Haut und die steinharten Bauchmuskeln, die sich dort abzeichneten, wo seine Jeans unter seinem T-Shirt heruntergezogen wurde. Sie musste sich zwingen, ihren Blick nach oben zu richten. Er trug eine verwaschene blaue Jeans, dazu ein marineblaues T-Shirt und eine schwarze Lederjacke, die er sich über die Schulter geworfen hatte und die an seinem Daumen hing. Seine dunklen Locken waren vom Wind zerzaust, seine blauen Augen strahlten und waren auf sie gerichtet.

Sie war wie erstarrt, während ihr Körper innerlich vibrierte und heißes Verlangen durch ihre Adern jagte. Sie empfand für Daniel weit mehr als nur den unbeschwerten Spaß, von dem Tommy gesprochen hatte. Ihre Gefühle für Daniel gingen tief. Die Luft zwischen ihnen knisterte vor Spannung. Plötzlich wurde ihr bewusst, dass sie noch gar kein Wort gesagt hatte und nur mit einem Küchentuch in der Hand an der Espressomaschine stand. Tommy war offensichtlich vollauf damit beschäftigt, einen anderen Kunden zu bedienen, von dem sie zufällig wusste, dass er ein guter Freund war, sodass Sophia keine andere Wahl hatte, als sich um Daniel zu kümmern. Nicht, dass es sie gestört hätte, aber sie musste sich erst mal wieder in den Griff bekommen.

Sie warf das Küchentuch hinter sich in den kleinen Wäschekorb unter dem Tresen, atmete tief durch und sammelte sich. Seine Augen verfolgten sie, als sie die wenigen Schritte von der Espressomaschine zum Tresen machte. Ihre Hände legte sie auf die Kante des Tresens, um sich an etwas festhalten zu können.

„Hallo", begrüßte Daniel sie mit seiner rauen Stimme, die ihr einen Schauer über den Rücken jagte.

„Hi", schaffte sie gerade noch zu erwidern.

Nach einem angespannten Augenblick ließ er den Arm, mit dem er seine Jacke über die Schulter gehängt hatte, sinken. „Könnte ich vielleicht noch einen von deinen tollen Kaffees bestellen?"

„Natürlich! Das ist unser Job hier. Irgendwelche besonderen Wünsche?" Sie war erleichtert über seine ganz normale Frage. Die brachte sie wieder zu ihren gewohnten Abläufen zurück.

„Allerdings", antwortete er mit einem leisen Glucksen, das ihr das Herz in die Hose rutschen ließ.

„Den doppelten Americano?"

Er nickte und ein langsames Lächeln umspielte sein Gesicht. Mit wildem Herzklopfen trat sie an die Espressomaschine und bereitete schnell seinen Kaffee zu. Als sie zum Tresen zurückkehrte und ihm den Kaffee reichte, berührten seine Finger die ihren. Seine beiläufige Berührung ließ sie wie elektrisiert zusammenzucken. Sie hatte ganz vergessen, ihm etwas in Rechnung zu stellen, da hielt er ihr auch schon einen Fünfdollarschein hin. Sie errötete und schüttelte den Kopf, bevor sie merkte, dass sie wieder einmal den Kopf über etwas schüttelte, das für ihn wie nichts aussah. Als sie ihm das Wechselgeld hinhielt, hatte sich sein Mundwinkel verzogen, und sie wusste, dass er das mitbekommen hatte. Sie fragte sich, ob er sie mit ihrem Kopfschütteln wohl für dumm und albern hielt. Wenn er nur wüsste, dass es bloß daran lag, dass er sie so sehr verunsicherte, dass sie nicht mehr klar denken konnte.

Tommy unterhielt sich immer noch mit seinem Freund, also konnte sie nichts und niemand von Daniel ablenken. Er nahm einen langen Schluck Kaffee und musterte sie dann mit seinem intensiven, marineblauen Blick. „Ich hatte gehofft, ich könnte dich zum Essen einladen."

Sie nickte zustimmend, bevor sie überhaupt darüber nachgedacht hatte. Aber sobald ihr Verstand ihren Körper wieder eingeholt hatte, wusste sie nicht mehr, was sie tun sollte. Es war ja nicht so, dass sie nicht mitgehen wollte. Das Problem war, dass sie nicht so recht wusste, wie sie das anstellen sollte. Sie war nicht gewohnt, einen Mann zu begehren, geschweige denn, ihn so zu begehren wie Daniel. Er entflammte sie schon allein dadurch, dass er in ihrer Nähe war.

„Das fasse ich als ein Ja auf", antwortete er und seine Augen funkelten vor Vergnügen.

„Oh, richtig. Ja. Das war ein Ja." *Also, jetzt siehst du wirklich dumm und albern aus. Du hättest doch bloß Ja sagen müssen.* Sie kämpfte gegen den Drang an, ihre Stimme wieder zum Schweigen zu bringen.

Während Sophia versuchte, die Kontrolle über ihren Körper zu erlangen, herrschte einige Zeit lang Schweigen. Ein Blick von ihm und die Hitze schoss durch ihre Adern, ihr Bauch schlug Purzelbäume und ihr Puls galoppierte wild und unkontrollierbar. Während sie so dastanden, drang das leise Stimmengemurmel aus dem Café in ihr Bewusstsein. Ein Lachen von Tommy riss sie aus ihrer Benommenheit. Sie schüttelte den Kopf – wieder einmal – und sah Daniel an. Ihre Wangen waren heiß, aber sie schaffte es, etwas zu sagen. „Hast du denn eine Idee, wohin du gehen möchtest?"

„Ich hatte gehofft, du könntest ein paar Vorschläge machen. Bisher war ich hier zum Kaffeetrinken, neulich bei dir zum Pizzaessen und habe einmal im Supermarkt vorbeigeschaut.

„Wenn du Painter kennenlernen möchtest, sollten wir zu Quinn's gehen."

„Was ist denn das Quinn's?"

„Quinn's Restaurant und Bar. Das gibt es schon immer. Es gehört der Familie Quinn", erklärte sie mit einem schiefen Grinsen. „Die sind schon so lange hier, wie ich mich erinnern kann. Es ist unmöglich, dort hinzugehen, ohne jede Menge Einheimische zu treffen, also kannst du gleich ein paar Leute kennenlernen. Eine Freundin von mir, Vivi Sheldon, übernimmt dort manchmal Sonderschichten. Du hast doch gesagt, du möchtest die Stadt kennenlernen, also ...“

Daniel nickte entschlossen. „Das stimmt. Das Quinn's klingt großartig. Wann machst du hier oben zu?“

Sophia warf einen Blick auf die Uhr über der Tür. „In etwa einer halben Stunde. Wenn es dir nichts ausmacht zu warten, ich muss noch ein wenig Ordnung machen und Vorbereitungen für morgen treffen.“

Daniel nickte leicht lächelnd. Sie sah ihm nach, wie er mit langen, lockeren Schritten davonging. Seine Schultern spannten sich unter seinem T-Shirt, als er seinen Kaffee an einem Tisch in der Nähe abstellte und sich auf den Stuhl gleiten ließ. Erst als Tommy sich räusperte, schaute sie auf.

Tommy grinste. „Dich hat es ja ganz schön erwischt.“

Sie biss sich auf die Lippe und errötete. Tommy hatte recht. Sie war ihm mit Haut und Haaren verfallen.

KAPITEL SECHS

Daniel folgte Sophia ins Quinn's. Das Quinn's befand sich am Rande der Innenstadt in einem älteren Gebäude mit einer klassischen Westernfassade. Das Restaurant und die Bar gab es offensichtlich schon seit vielen, vielen Jahren. An der Rückwand erstreckte sich eine Bar aus poliertem Holz über die gesamte Länge des Raumes. Das Holz war durch den jahrelangen Gebrauch abgenutzt und gefurcht. Sie warteten an der Ecke der Bar, bis ein Tisch frei wurde. Im Quinn's war jede Menge los, und Daniel ging davon aus, dass der Laden normalerweise gut besucht war. Hinter der Bar waren in der Mitte des großen Raums runde Tische verteilt und an den Wänden befanden sich Sitznischen. Ein Torbogen führte in einen anderen Bereich, in dem sich Spieltische für Billard und Kartenspiel befanden. Der Raum strahlte eine rustikale Atmosphäre aus, die durch eine Mischung aus Kunstwerken der Native Americans und Andenken aus dem Sport noch verstärkt wurde. Was eine recht ungewöhnliche Mischung hätte sein können, fühlte sich im Quinn's richtiggehend heimelig an. Die Kundschaft war bunt gemischt, von Studenten bis hin zu Familien.

Sophia hatte nicht übertrieben, als sie behauptet hatte, sie würde fast jeden in Painter kennen. Während sie auf einen Tisch warteten, hielt praktisch jeder, der vorbeikam, inne, um sie zu begrüßen. Daniel lernte so viele Leute kennen, dass er gar nicht mehr wusste, wer wer war. Schließlich tippte eine Kellnerin Sophia auf die Schulter und deutete auf einen gerade freiwerdenden Eckplatz. Augenblicke später sah er sie über den Tisch hinweg an. Immer, wenn er in ihrer Nähe war, lief sein Körper auf Hochtouren und seine Lust brummte unter der Oberfläche. Er konnte seine Augen einfach nicht von ihr lassen. Ihr dunkles Haar war heute Abend offen und fiel seidig um ihre Schultern. Das Grün ihrer Augen schimmerte selbst in dem gedämpften Licht.

Als sie seinen Blick bemerkte, erröteten ihre Wangen leicht. Er zweifelte nicht an den tiefen Gefühlen und dem Verlangen zwischen ihnen, doch war er das überhaupt nicht gewöhnt. Er spürte, dass die kürzliche Bekanntschaft mit seinem Shifter-Ich die Antwort auf das urtümliche, unbändige Bedürfnis war, das ihn durchströmte. Dabei ging es nicht einfach nur um Lust, aber Lust war sicherlich die treibende Kraft bei jeder Begegnung mit ihr. Laut dem, was seine Mutter ihm erzählt hatte, würde er in Painter vielen Shiftern begegnen. Als er sie gefragt hatte, woran er das merken würde, hatte sie ihm bloß mitgeteilt, dass er das schon merken würde. Er wusste, dass Sophia eine Shifterin war, aber er hatte keine Ahnung, wie er ein Gespräch darüber beginnen sollte. Deshalb entschied er sich, möglichst unverbindlich zu beginnen.

„Also, im Quinn's ist ja tatsächlich so viel los, wie du gesagt hast", stellte er fest.

Sie lächelte und zuckte mit den Schultern. „Das ist immer so. Hier gibt es leckeres Essen, gute Getränke und nette Leute. Außerdem ist das Lokal recht erschwinglich. Wegen der vielen Skigäste und Studenten gibt es in der Stadt auch ein paar gehobene Lokale. Aber die Einheimischen bevorzugen eher Lokale wie das Quinn's."

Eine Frau trat mit einem breiten Grinsen an ihren Tisch heran. Sie hatte dunkles Haar und blaue Augen. Sofort beugte sie sich hinunter, um Sophia kurz zu umarmen, bevor sie ihm ihren entnervend direkten Blick zuwarf. Dabei wölbte sie eine Augenbraue und hielt ihm die Hand hin. „Ich bin Vivi", stellte sie fest und schüttelte ihm kräftig die Hand.

„Daniel Hayes", antwortete er. „Lass mich raten. Du bist eine Freundin von Sophia?"

Vivi zog ihre Hand zurück und lachte leise. „Ja, natürlich. Aber man muss nicht lange suchen, um in Painter so jemanden zu finden." Wenn er heute Abend nicht selbst den Beweis dafür gesehen hätte, hätte er es vermutet. Ihr Wesen war warm, freundlich und einladend – noch eine Eigenschaft, die ihn zu ihr hinzog.

Vivi ließ sich neben Sophia in die Sitzecke sinken. „Aber da ich dich noch nie gesehen habe, musst du neu in Painter sein."

Daniel spürte, dass Vivi wusste, wer er war, aber sie war höflich genug, um es ihn selbst sagen zu lassen. „Das hängt davon ab, was du mit neu meinst. Ich bin hier geboren, aber meine Familie ist weggezogen, als ich drei Jahre alt gewesen bin. Ich bin für den Sommer hier, vielleicht auch länger."

Vivi nickte. „Painter ist eine tolle Stadt. Hast du hier Familie?"

Daniel ließ seinen Blick zwischen Sophia und Vivi schweifen. „Ich nehme an, du kennst die Antwort darauf schon. Kein Grund, um den heißen Brei herumzureden. Ich weiß, was meinem Bruder zugestoßen ist."

Vivis Augen wurden ernst. „Tut mir leid. Ich wollte nicht ..."

Er unterbrach sie. „Es ist nicht einfach, über meine Familie zu sprechen und darüber, wie man sich hier an sie erinnert. Painter ist nicht so groß. Ich habe jede Menge Zeit gehabt, mit dem fertigzuwerden, was passiert ist."

Vivis Augen weiteten sich. Dann nickte sie entschlossen. „Also gut. Ich muss schon sagen, ich schätze Direktheit, also bin ich froh, dass du mein höfliches Geplänkel einfach übersprungen hast."

Ihre unverblümte Bemerkung brachte ihn zum Schmunzeln, wodurch sich die Spannung am Tisch löste. Nachdem eine Kellnerin die Bestellungen aufgenommen hatte, stand Vivi auf.

„Ich bin eigentlich hier, um eine Schicht an der Bar zu übernehmen. Ich wollte nur kurz Hallo sagen, als ich euch gesehen habe." Sie fing Daniels Blick auf. „Wenn du Burger magst, musst du unbedingt den Quinn's Special probieren. Der hat diese leckere Barbecuesauce. Die wird hier vor Ort hausgemacht." Daraufhin winkte sie kurz und drehte sich um, lief zur Bar und schlüpfte dahinter.

Die Kellnerin wartete schon und sie bestellten schnell. Daniel entschied sich, Vivis Rat zu folgen und den Quinn's Special Burger zu probieren. „Magst du den Hausburger auch so gerne?", fragte er Sophia.

„Natürlich! Die Burger hier sind verdammt lecker. Nicht zu ausgefallen, aber echt köstlich."

Das Abendessen verging schnell. Immer wieder wurden sie von anderen Gästen unterbrochen. Aber Daniel konnte die ganze Zeit über kaum die Augen von Sophia lassen. Sein Kater summte unter seiner Haut. Als die Kellnerin die leeren Teller abräumte, warf Sophia einen Blick zur Tür, wo eine Traube von Leuten auf einen Tisch wartete.

„Wir sollten wohl besser los", schlug sie mit einem Nicken in Richtung der Tür vor.

„Wahrscheinlich." An sich hatte er nichts dagegen, zu gehen, aber er wollte nicht, dass der Abend zu Ende ging. Er machte sich da nichts vor, im Gegenteil. Er wollte Sophia. Und zwar sofort. Und wenn er irgendetwas im Leben gelernt hatte, dann, dass man nie weiß, was passieren kann. Er hatte einen Bruder verloren, an den er sich kaum erinnern konnte, dessen Verlust aber bis heute in seinem Leben nachhallte. Als in den letzten Jahren dann auch noch seine beiden Elternteile gestorben waren, hatte ihm das die Augen geöffnet. Auch deshalb hatte er den Plan gefasst, so schnell wie möglich nach Painter zu ziehen. Der vernünftige, denkende Teil seines Verstandes riet ihm, nichts zu überstürzen und die Sache mit Sophia langsam anzugehen. Der gefühlsbetonte Teil seines Körpers widersetzte sich jedoch der Vernunft und erinnerte ihn immer wieder daran, dass er eine Gelegenheit verpassen könnte, wenn er zu sehr über alles nachdachte. Der Löwe in ihm wollte sie mit einer Heftigkeit, die er noch nie erlebt hatte.

Ihm wurde bewusst, dass Sophia wartete. Kurzerhand traf er eine Entscheidung. „Wir sollten wahrscheinlich besser los, aber ich möchte nicht, dass der Abend jetzt schon zu Ende ist."

Sie hielt still, eine Röte wanderte langsam ihren Hals hinauf und über ihre Wangen. „Oh. In Ordnung. Wenn du möchtest, können wir zu mir gehen."

„Klingt gut." Er stand auf und streckte seine Hand aus. Sophia legte ihre in seine, und er zog sie langsam hoch. Sobald sie aufgestanden war, blickte er an ihr hinunter. Ihre Augen waren dunkel. Er strich mit dem Daumen über ihr Handgelenk. Ihr Puls raste unter seiner Berührung. Da fühlte er eine gewisse Erleichterung, weil er wusste, dass sie vielleicht genauso fühlte wie er.

***

Daisy begrüßte die beiden schon an der Tür, als sie hereinkamen. Sophia streifte ihre Schuhe ab und hängte ihre Jacke auf. „Ich muss sie noch schnell füttern. Gib mir nur ein paar Minuten."

Daisy begab sich sofort zu Daniel und stupste ihn mit ihrem großen Kopf an der Hüfte an. Daniel folgte ihr in die Küche, während Daisy ihm folgte. Sie hoffte auf eine kurze Atempause von seiner starken Präsenz. Jede Sekunde mit ihm ließ Flammen in ihr auflodern. Sie wollte auch nicht, dass dieser Abend zu Ende ging, deshalb war sie gleichzeitig erleichtert und ängstlich gewesen, als er ihr das gesagt hatte. Ihr Herz und ihr Körper verlangten nach ihm, aber ihr Verstand mischte sich immer wieder ein. *Du hast doch überhaupt keine Zeit für eine Beziehung. Weißt ja gar nicht, was er möchte. Ein bisschen Spaß wäre ja nicht verkehrt. Aber was ist, wenn du mehr als nur ein bisschen Spaß möchtest?* In ihrem Kopf drehten sich ihre Gedanken im Kreis.

Schnell bereitete sie Daisys Futter vor und stellte ihren Napf auf den Boden. Daniel war im Türbogen zwischen Wohnzimmer und Küche stehen geblieben.

Er stützte sich mit der Schulter an der Wand ab. Sein marineblauer Blick hielt sie fest. Sie fühlte sich wie von einem starken Sog erfasst. Sie hatte keine Ahnung, wie lange sie wie erstarrt so dastand, aber plötzlich wurde sie aus ihrer Trance gerissen, als Daisy an ihr vorbeilief und sich auf ihrem riesigen Hundebett im Wohnzimmer zusammenrollte. Mit einem zufriedenen Seufzer schlief Daisy sofort ein.

Daniel drückte sich von der Wand ab, kam mit wenigen Schritten auf sie zu und hielt direkt vor ihr inne. Sein Blick glitt über ihr Gesicht. Ihr Puls schlug wie wild. Feuerzungen glitten durch sie hindurch und durchfluteten sie mit Hitze. Die Luft um sie herum verdichtete sich und war voller Verlangen.

Da räusperte er sich und das Geräusch war in dem ruhigen Raum deutlich zu hören. „Ich bin mir ja nicht sicher, was du von der ganzen Sache hältst, aber ich finde, ich sollte dir etwas sagen."

Sie konnte vor lauter Herzklopfen und dem Verlangen, das ihre Gedanken vernebelte, kaum denken, aber sie schaffte es, zu nicken.

„Ich will dich. Und ich bin mir ziemlich sicher, dass du mich auch willst, also sollten wir nicht um den heißen Brei herumreden, wenn das für dich in Ordnung ist."

Seine Stimme war tief und rau. Sie ließ sie erschaudern. Ein Teil von ihr war erleichtert über seine Worte, denn sie entsprachen genau ihren eigenen Gefühlen. Hier und jetzt, in diesem Augenblick, in dem sie nicht zu viel nachdenken wollte, wünschte sie sich nichts sehnlicher, als das zu erleben, was zwischen ihnen lag. Doch sie fand keine Worte, also machte sie einen Schritt auf ihn zu. Seine Hände griffen nach ihren, seine breiten Handflächen legten sich über ihre, warm und stark. Seine Berührungen glitten fließend an ihren Armen hinauf und über ihre Schultern. Eine Hand griff in ihr Haar und umfasste ihren Hinterkopf, während die andere um ihren Rücken glitt und in der Vertiefung ihrer Taille ruhte. Sie holte zitternd Luft und sah zu ihm auf.

Da neigte sich sein Kopf nach vorne. Seine Lippen waren eine Sekunde lang nur einen Bruchteil von den ihren entfernt. Ihr ganzes Wesen spannte sich an, und Vorfreude krampfte sich in ihrem Innersten zusammen. Plötzlich traf sein Mund auf ihren. Das Verlangen, das in ihr brodelte, brach lichterloh über sie herein. Seine Hand schloss sich in ihrem Haar und sie genoss dieses Gefühl der Spannung. Seine Zunge drang tief in sie ein und verschlang ihre. Innerhalb von Sekunden fühlte sie sich, als stünde sie in Flammen. Ihr Kuss ging immer weiter – heiß, feucht, tief und berauschend. Als er seinen Mund von ihrem löste, schnappte sie nach Luft und ihr Puls raste wie wild. Das Kratzen seiner Bartstoppeln an ihrem Hals hatte die Hitze in ihr nur noch gesteigert. Er strich an ihrem Hals entlang, über ihr Schlüsselbein und folgte dem geschwungenen Kragen ihres T-Shirts.

Sie fuhr mit ihren Händen unter sein Shirt und schnappte nach Luft, als sie seine harten Muskeln unter ihren Handflächen spürte. Dann löste sich seine Hand aus ihren Haaren und glitt in einer stürmischen Bewegung ihren Rücken hinunter, bevor sie unter den Saum ihres T-Shirts tauchte und wieder nach oben glitt. Mit einer Bewegung seines Daumens öffnete er ihren BH und seine Handflächen glitten über ihre Brüste. Seine Berührung war eine reine Wohltat – ihre Brüste waren heiß, schwer und sehnten sich nach seiner Nähe. Er ließ sich Zeit, streichelte mit seinen Daumen über ihre Brustwarzen und brachte sie damit fast um den Verstand. Sie spürte die Hitze seines

Schafts in ihrer Hüfte und wölbte sich dagegen, um das heftige Verlangen zu stillen, das sich zwischen ihren Schenkeln aufbaute.

Da hielten seine Hände inne und er zog sich ein Stück zurück. Wilde Erregung breitete sich in ihr aus. Sein Blick war dunkel und entschlossen auf sie gerichtet. „Wir müssen hier und jetzt aufhören, wenn wir das wollen." Er stieß die Worte zwischen zusammengepressten Zähnen hervor.

Aber sie hätte gar nicht aufhören können, selbst wenn sie gewollt hätte, so stark war das Verlangen, das sie durchfuhr. Sie wurde allein von dem Bedürfnis getrieben, ihn ganz und gar zu haben. Ihr war nicht klar, ob das daran lag, dass es so verdammt lange her war, dass sie überhaupt mit irgendjemandem zusammen gewesen war, oder vielleicht daran, dass die Anziehungskraft zu Daniel eine ganz eigene, unbändige Kraft war. Im Augenblick hatte sie keine Lust, darüber nachzudenken. Sie erkannte, dass er auf ihre Antwort wartete, als sie dort standen. Die Luft um sie herum vibrierte fast vor Anspannung. „Ich möchte nicht aufhören." Ihre Worte klangen heiser und waren von ihrem Verlangen geprägt.

Er nickte heftig und trat einen Schritt zurück. Kühle Luft flutete die Lücke zwischen ihnen. Sie fühlte sich wie betäubt und war einen Augenblick lang völlig verunsichert, bis er das Wort ergriff. „Schlafzimmer?" Seine Handfläche schloss sich um eine ihrer Hände, warm und stark.

„Oh, richtig. Da drüben." Sie deutete auf die kleine Nische auf der anderen Seite des Wohnzimmers.

Er drehte sich um, ihre Hand fest in der seinen, und führte sie durch die Tür in ihr Schlafzimmer. Ihr Bett hatte sie von ihrer Großmutter geerbt. Es war ein riesiges Himmelbett. Sie hatte einen hauchdünnen weißen Stoff über den Baldachin gespannt, sodass das Licht in gedämpften Schattierungen hindurchfiel. Darauf stapelten sich Kissen in vielen Farben. Daniel setzte sich auf das Fußende des Bettes und zog sie zwischen seine Knie. Seine Hände ruhten auf ihren Hüften. Er sah ihr in die Augen, während er seine Hände langsam nach oben gleiten ließ und den Saum ihres T-Shirts nach oben zog. Nachdem er ihr das Shirt über den Kopf gezogen hatte, wurde ihr vor Verlangen fast schwindelig. Sie atmete flach und stoßweise. Dann ließ er ihr T-Shirt in einem langsamen Bogen auf den Boden gleiten. Sie befreite sich mit einem Ruck aus ihrem BH. Dabei verspürte sie einen kurzen Anflug von Selbstbewusstsein, der sich aber in dem Augenblick verflüchtigte, als sie seinen Blick auf sich spürte. Seine Augen waren dunkel vor Verlangen.

Mit seinen Händen und seinem Mund trieb er sie in den Wahnsinn. Er begann knapp über dem Bund ihrer Jeans – Küsse, sanft und rau, das Kratzen seiner Bartstoppeln auf ihrer Haut, die schwielige Oberfläche seiner Handflächen, mit denen er Kreise zog. Er arbeitete sich langsam an ihrem Bauch hoch, so langsam, dass sie schon meinte, vor Verlangen zu sterben, als seine Lippen an den Unterseiten ihrer Brüste entlangfuhren. Ihre Brustwarzen waren aufgerichtet. Er nahm sie zwischen Daumen und Zeigefinger und drückte leicht zu, bevor seine Lippen sich schließlich über eine schlossen. Bei dieser Wohltat stieß sie ein leises Stöhnen aus. Er wechselte zwischen ihren Brüsten hin und her, bis sie sich schließlich gegen ihn wölbte und sich verzweifelt nach seiner Nähe sehnte.

Sie riss an seinem T-Shirt. Dann griff er hinter seinen Kopf und zog es in einer einzigen, sanften Bewegung nach oben und aus. Sie konnte nur einen flüchtigen Blick auf die Pracht seines muskelbepackten Oberkörpers erhaschen, bevor er sie an sich zog. Sie seufzte, als sie ihn an sich spürte. Er küsste sie auf die Lippen – langsam, feucht und tief – während seine Hände über ihren Rücken strichen und sie an sich drückten.

Sie brauchte mehr, und zwar auf der Stelle. Also trat sie einen Schritt zurück, ließ ihre Hände über seinen Oberkörper gleiten und öffnete seine Jeans. Ihre Handfläche umschloss seine Länge, die heiß und hart unter seiner Unterhose hervortrat. Er atmete zischend durch seine Zähne. Dann stand er rasch auf, wirbelte herum, hob sie hoch und streckte sie auf dem Bett aus. In Sekundenschnelle hatte er ihr die Jeans heruntergezogen. Sie streifte sie mit den Füßen ab und beobachtete, wie er sich auch aus seiner Hose schälte. Da stand er nun am Fußende des Bettes in einer schwarzen Unterhose und seine Erregung war mehr als offensichtlich. Er beugte sich vor und zog aus seiner Jeans sein Portemonnaie heraus und daraus ein Kondom, das er zielsicher auf ihren Nachttisch warf.

Mit seinem glühenden Blick streckte sich Daniel neben ihr aus. Die Luft flirrte um sie herum, schwer vor Verlangen und Sehnsucht. Sophia war fast überwältigt von dem tiefen Begehren, das sie durchströmte. Sie konnte kaum atmen und wartete, während seine Augen ihren Körper erkundeten. Er hob eine Hand und fuhr mit den Fingerrücken langsam ihren Unterleib hinauf und zog träge Kreise um ihre Brustwarzen. Jede Berührung war wie Funken auf Zunder und fachte die Flammen immer weiter an. Er fuhr aufwärts und dann wieder abwärts über die Wölbung ihres Bauches. Ihr Geschlecht krampfte sich zusammen, durchtränkt von Verlangen. Er legte seine Handfläche über ihren Schamhügel und brachte sie allein durch den sanften Druck fast zum Orgasmus. Sie schob ihre Beine unruhig hin und her und stieß keuchend seinen Namen aus.

Er bewegte einen Finger über die schwarze Seide zwischen ihren Schenkeln. Vor und zurück, vor und zurück, bis er den Nabel ihrer Lust erreicht hatte. Ihre Hüften wölbten sich gegen seine Berührung. Plötzlich drehte sie sich herum und setzte sich rittlings auf ihn. Sein Schwanz ruhte zwischen ihren Schenkeln. Das langsame Brennen flackerte heftig empor. Die nächsten Augenblicke waren ein einziger Rausch, als sie ihre Beine anspannte und sich mit den Hüften gegen ihn stemmte – mit jeder weiteren Begegnung mit seinem Schaft durchfuhr sie eine Welle der Lust. Da drehte er sie wieder herum und streckte ihre Arme über ihren Kopf, ihre Handgelenke hielt er fest im Griff. Mit der anderen Hand streifte er ihre Unterwäsche ab und entledigte sich seiner eigenen. Einen langen Augenblick verharrte er über ihr, dann senkte er den Kopf und küsste sie heftig auf die Lippen. Sie hörte das Reißen einer Folie und spürte dann seine Eichel an ihrem Eingang.

Daniel zwang sich, ruhig zu bleiben. Sein Puls hämmerte, während das Verlangen an ihm zerrte. Sophias Blick traf den seinen, ihre grünen Augen waren neblig und dunkel. Sie schlang ihre Beine um seine Hüften und wölbte sich ihm entgegen. Mit einem schnellen Stoß versank er in der cremigen Fülle ihres Kanals. Ihr Keuchen nährte das Feuer, das in ihm tobte. Eigentlich hatte er vorgehabt, es langsam angehen zu lassen, es auszukosten, aber das konnte er nicht. Sein Verlangen war zu dringend und saß zu tief. Er schaffte mehrere lange, langsame Stöße und unterdrückte ein Stöhnen, als er spürte, wie ihr geschmeidiges Inneres um ihn herum pulsierte. Als sein Name in einem Keuchen über ihre Lippen kam, verlor er jegliche Kontrolle. Er drang mit tiefen Stößen in sie ein. Sie erzitterte, und ihr Kopf ruckte wild gegen die Kissen. Eine berauschende Befriedigung durchströmte ihn, als sie sich schreiend gegen ihn wölbte und ihre Nägel über seinen Rücken fuhren. Dann entlud er sich mit einem Knurren, und sein Körper versteifte sich kurz vor der Erlösung. Schließlich ließ er sich gegen sie sinken, rückte aber sofort zur Seite, um sie nicht zu erdrücken. Ihr gemeinsames Keuchen war das einzige Geräusch im Raum.

KAPITEL SIEBEN

Sophia entspannte sich langsam von den berauschenden Gefühlen, die sie durchflutet hatten. Daniel hatte sich vor ein paar Augenblicken von ihr gelöst und war ins Bad verschwunden, um sich seines Kondoms zu entledigen. Sofort kehrte er zum Bett zurück und zog sie an sich. Erst jetzt begann ihr Körper abzukühlen. Seine Handfläche lag warm auf ihrem Rücken und bewegte sich in langsamen Kreisen. Erst nachdem der pochende Rhythmus des Verlangens nachließ, nachdem ihr Bedürfnis gestillt worden war, gelangte sie wieder zur Besinnung. Sie war bei klarem Verstand, um zu wissen, dass das, was sich da gerade zwischen ihnen abgespielt hatte, weit über das hinausging, was sie erwartet hatte. Doch sie war noch nicht bereit, sich vorzustellen, was das für sie beide bedeuten könnte, also schüttelte sie die Gedanken ab.

Beim Aufwachen fielen die ersten Sonnenstrahlen auf ihr Bett. Daniel schlief tief und fest neben ihr, seine Hand ruhte auf ihrer Hüfte. Am liebsten wäre sie den ganzen Tag hiergeblieben, um mehr von ihm zu entdecken. Doch sie musste zur Arbeit und brauchte Zeit, um das Durcheinander in ihrem Kopf, ihrem Körper und ihrem Herzen zu ordnen. Behutsam befreite sie ihre Beine und setzte sich auf. Als sie zu Daniel zurücksah, waren seine Augen offen und wach.

„Guten Morgen", begrüßte er sie mit einem sanften Lächeln.

Sie errötete augenblicklich, und dann noch mehr. „Guten Morgen. Ich muss zum Coffee Shop."

„Das habe ich mir schon gedacht", antwortete er leise. Er fuhr mit seiner Hand langsam über die Kurve ihrer Hüfte, in die Vertiefung ihrer Taille und über die Wölbung ihrer Brust. Seine Berührung ließ Funken durch sie sprühen, während sich eine Wärme um ihr Herz legte. Sie liebte dieses leichte Gefühl mit ihm. Als sie zu ihm hinübersah, drehte er den Kopf zur Seite und küsste sie kurz auf die Lippen, bevor er die Decke schnell zurückwarf. Während er aufstand, konnte sie ihren Blick nicht von seinem Körper abwenden. Er war schlichtweg ein Kunstwerk, durchtrainierte Muskeln von Kopf bis Fuß und die geballte Energie, die Shifter ausstrahlten. Er hielt an der Badezimmertür inne. „Kommst du?"

Sie musste offensichtlich verdutzt gewirkt haben, da er sie schnell aufklärte. „Duschen?"

„Oh, richtig." Sie erhob sich und eilte ihm hinterher. Sie wuschen sich gründlich, ohne aber, dass sich zwischen den beiden noch etwas anbahnte. Gerade, als sie die Dusche verlassen wollte, legte er eine Hand um ihre Taille und zog sie für einen Kuss zu sich heran. In Sekundenschnelle war sie wieder fast Feuer und Flamme. Da löste er sich von ihr und ein schiefes Grinsen umspielte seine Mundwinkel. „Ich wollte nicht zu weit gehen", meinte er mit einem leisen Glucksen. Er schüttelte heftig den Kopf. „Du musst zur Arbeit, und ich auch."

Schnell zogen sie sich an. Daisy wartete schon geduldig an der Tür. Sie stupste Daniels Hüfte an und folgte den beiden in die Küche. Nachdem Sophia Daisy gefüttert hatte und sie draußen herumlaufen ließ, schnappte sie sich einen Apfel aus der Obstschale auf dem Tresen und hielt auch Daniel einen entgegen. Als er nickte, warf sie ihn ihm zu.

„Möchtest du, dass ich dich bei der Arbeit absetze?", fragte er.

Normalerweise ging sie zwar zu Fuß, aber sie erwiderte: „Klar. Ich laufe später nach Hause."

Als er vor dem Mile High Grounds anhielt, wandte sie sich ihm zu. Bevor sie nachdenken konnte, lehnte er sich über die Mittelkonsole und strich mit seinen Lippen über ihre. Diese kurze Berührung ließ Feuer in ihrem Innersten aufsteigen. Ihr Bauch flatterte, und ihr Atem stockte. Und als sie aufsah, spiegelten seine Augen ihr Begehren wider.

———

Sophia lief gerade durch ihr Haus, um die Pflanzen zu gießen, als es an der Tür klopfte. Gerade als sie sich zur Tür wandte, öffnete sich diese und Heath trat ein. Sie stellte die Gießkanne auf einem Beistelltisch ab, eilte zu ihrem Bruder und schlang ihre Arme um ihn. „Ich bin ja so froh, dass du zu Hause bist!"

Heath umarmte sie innig, bevor er sich zurückzog. Seine grünen Augen, die den ihren so ähnlich waren, strahlten Wärme und Zuversicht aus. Die alte Offenheit und das Selbstvertrauen, die er früher ausgestrahlt hatte, waren zurückgekehrt. Nach seinem Unfall hatte er das für eine Zeit lang verloren. In seinem Blick lag nun aber auch eine gewisse Demut. Es hatte wehgetan, all das mit anzusehen, aber ihr Bruder war durch die

Verkettung verschiedener Ereignisse nach seinem Autounfall schwer getroffen worden. Sie drückte seine Hände, bevor sie sie wieder losließ.

„Wie geht es dir?", fragte sie.

Heath nickte entschlossen. „Ob du es glaubst oder nicht, verdammt gut. Ich habe es zwar gehasst, in der Reha zu landen, aber das war die beste Entscheidung für mich. Ehrlich gesagt, die Verhaftung hat mir einen gehörigen Schrecken eingejagt, aber ich habe diese Zeit gebraucht, um mich zu erholen. Ich kann wieder klar denken. Außerdem hat es ein tolles Fitnessstudio dort gegeben, also habe ich mich so richtig ausgepowert und fühle mich endlich wieder körperlich gesund." Er fuhr sich mit der Hand durch sein dunkles Haar und holte tief Luft. „Wie läuft es bei dir?"

Sie zuckte mit den Schultern. „Das Übliche. Viel zu tun im Mile High."

Heath nickte. „Mom und Dad waren heute Morgen bei mir. Mit ihnen scheint es ... besser zu laufen", erzählte er, wobei seine Stimme am Ende etwas stockte.

Sie wusste, dass er mit Schuldgefühlen zu kämpfen hatte, weil sein Unfall und alles, was danach geschehen war, ihren Eltern schwer zugesetzt hatte. „Mom und Dad kommen schon klar. Versuch, dich wegen der ganzen Sache nicht so beschissen zu fühlen. Dir geht es gut und du bist gesund und das ist alles, was zählt." Heath nickte und streichelte Daisy, die sich zu seinen Füßen niedergelassen hatte. „Komm rein. Ob du das nun glaubst oder nicht, ich brauche einen Kaffee. Ich habe heute Nachmittag so viel zu tun gehabt, dass ich noch gar nicht dazu gekommen bin, einen zu trinken", stellte Sophia fest und bedeutete ihm, ihr zu folgen.

Sie betrat die Küche und setzte schnell eine neue Kanne Kaffee auf. Heath setzte sich an den Küchentisch, während Daisy ihn begleitete und sich an seiner Seite niederließ. Daisy vergötterte Heath. Sophia nahm gegenüber von ihm Platz. „Hast du Hunger?“

Er schüttelte den Kopf. „Nein, danke.“

Es herrschte eine lange Stille, bevor Heath sich räusperte. „Ich frage ja nur ungern, aber gibt es eigentlich schon was Neues zu den polizeilichen Ermittlungen gegen das Schmugglernetzwerk?“

Sie lehnte sich in ihrem Stuhl zurück und seufzte. „Ich wünschte, es gäbe welche, aber nein. Wenn es irgendwelche Neuigkeiten gibt, habe ich noch nichts gehört. Ich vermute, dass man versucht, das Ganze möglichst unter Verschluss zu halten, auch wenn es Spuren geben sollte.“ Sie überlegte, ob sie mit ihm über ihre und Vivis Entdeckungen sprechen sollte. Nach einem unschlüssigen Augenblick entschied sie sich jedoch für Ehrlichkeit. Nach allem, was er durchgemacht hatte, wollte sie ihm nichts verheimlichen.

„Vivi und ich haben selbst ein wenig nachgeforscht.“

Heaths Augen weiteten sich und er verzog die Lippen. „Soph, was zum Teufel hast du dir dabei nur gedacht?“

„Du würdest dasselbe tun, wenn du mitansehen müsstest, wie ich das durchmache, was dir zugestoßen ist!“ Ihre unterschwellige Wut flammte jedes Mal auf, wenn sie daran erinnert wurde, was Heath hinter sich hatte.

Er schwieg einige Sekunden lang, bevor er müde und erschöpft aufseufzte. „Ich weiß, ich weiß. Ich möchte nur vermeiden, dass du zwischen die Fronten gerätst. Diese Typen verstehen keinen Spaß. Sie wollen nur ihre Kohle machen und lassen sich dabei von nichts und niemandem stören. Lass doch die Polizei ihre Arbeit machen.“

„Aber die tun doch überhaupt nichts! Du wirst verhaftet, weil du versucht hast, Drogen zu kaufen, während sie anscheinend keine anderen Dealer dingfest machen können als die Typen, von denen du das Zeug kaufen wolltest. Und in der Zwischenzeit traut überhaupt niemand mehr irgendwem. Die ganze Sache macht mich krank. Ich habe ja in den letzten Jahren versucht, das Ganze nicht zu beachten. Ich habe angenommen, alles würde sich von selbst regeln, aber dann ist für dich alles den Bach runtergegangen. Und jetzt bin ich einfach nur noch sauer darüber."

Heath schüttelte langsam den Kopf. „Du darfst nicht den Schmugglern die Schuld dafür geben, dass ich süchtig nach Schmerzmitteln geworden bin. Das ist mein Kreuz, das ich zu tragen habe."

Sophia warf einen Blick zu Heath. Angesichts der müden Niedergeschlagenheit in seinem Gesicht krampfte sich ihr Herz zusammen. Sie schnappte sich einen Stift vom Tisch und ließ ihn zwischen ihren Fingern kreisen. „Das ist es nicht. Ich habe einfach die Nase voll von dieser ganzen Sache. Ich weiß ja, dass du für dich selbst verantwortlich bist, aber das ändert doch auch nichts an der Tatsache, dass die Shifter, die in diese Sache verwickelt sind, uns alle in Gefahr bringen. Hast du nicht die Nachrichten verfolgt? In Catamount in Maine haben sie es geschafft, dem Ganzen ein Ende zu setzen. Das können wir auch. Wir müssen bloß herausfinden, wer diese ganze Sache angezettelt hat. Jedenfalls sind Vivi und ich nicht wirklich weitergekommen, aber wir haben eine abgelegene Hütte gefunden, von der wir glauben, dass sie als geheimer Treffpunkt genutzt wird."

Seine Augen verengten sich. „Wirklich?"

Sie nickte. „Ja. Vivi hört die ganze Zeit Gerüchte, wenn sie im Quinn's ihre Schichten schiebt. Sie hat da ein paar Geschichten gehört, also haben wir beschlossen, uns das mal näher anzusehen. Es ist eine alte verlassene Hütte am anderen Ende der Stadt, ziemlich tief im Wald.“

„Hab ich die schon mal gesehen?“, fragte sich Heath laut.

Sie zuckte mit den Schultern. „Vielleicht. Aber nur dann, wenn du durch die Wälder gestreift wärst. Hätten wir uns nämlich nicht gewandelt, hätten wir Stunden gebraucht, um dorthin zu gelangen. Als wir die Hütte zum ersten Mal gesehen haben, waren dort zwei Typen. Wir glauben, dass Randy und Doyle dort aufgetaucht sind, um sich mit den Jungs dort zu treffen.“

Er zog die Brauen hoch. „Wirklich? Hmm. Wenn es Randy und Doyle waren, sollte der Ort auf jeden Fall im Auge behalten werden. Ich kenne sie zwar nicht gut, aber die beiden sind ziemlich tief in der Drogenszene verstrickt. Hast du die anderen Kerle auch gut erkennen können?“

„Fehlanzeige. Die standen die ganze Zeit mit dem Rücken zu uns da.“

Heath schwieg noch einen Augenblick, bevor er heftig den Kopf schüttelte. „Genug davon. Ich stecke ganz bestimmt nicht den Kopf in den Sand, aber ich möchte auch nicht, dass mein erster Tag zurück nur aus diesem verdammten Chaos besteht. Verrate mir doch, was bei dir sonst noch so los ist.“

Sophia war froh, das Thema sein lassen zu können und wechselte zu viel harmloseren Angelegenheiten. Irgendwann erwähnte sie Daniel, weil sie annahm, dass Heath noch früh genug von ihm hören würde. Sie hörte bereits die Gerüchteküche über sein Auftauchen in der Stadt brodeln. Die traurige Erinnerung an seinen Bruder war verblasst, aber sie hatte ihren Platz in der Geschichte der Shifter in Painter. Sie war so erleichtert gewesen, dass Daniel bereits gewusst hatte, was seinem Bruder zugestoßen war, bevor er auf der Suche nach der Geschichte seiner Familie nach Painter gekommen war.

„Warte, der Junge, der erschossen worden ist, als er sich gewandelt hat? Dessen Bruder ist jetzt in der Stadt?", fragte Heath.

„Ganz genau. Daniel Hayes. Ich habe ihn kennengelernt, als er im Mile High auf einen Kaffee vorbeigekommen ist." Sie verzichtete darauf, weiter darauf einzugehen, wie gut sie Daniel kennengelernt hatte. Allein, dass sie seinen Namen laut aussprach, ließ sie in Wallung geraten. Zu ihrer großen Erleichterung piepte die Kaffeemaschine, was ihr einen Grund gab, aufzustehen und sich daran zu machen, Tassen mit Kaffee zu füllen und Kaffeesahne auf den Tisch zu stellen.

In diesem Augenblick erhob sich Daisy von ihrem Schläfchen auf dem Boden unter dem Küchentisch und fiepte leise. Sophia wandte sich um und warf einen Blick auf die Haustür, als Vivis Kopf durch die Tür lugte.

„Hallo", rief Vivi und winkte.

„Hey, komm doch rein! Heath ist da."

Daisy empfing Vivi, als sie durch den Türbogen in die Küche trat. Vivi streichelte Daisy kurz und schlang dann ihre Arme um Heath, als er aufstand, um sie zu begrüßen.

„Du bist zu Hause!"

Heath schmunzelte, als er sich von ihr löste und sich wieder hinsetzte. „Es tut verdammt gut, wieder hier zu sein."

„Möchtest du auch einen Kaffee?", fragte Sophia Vivi.

Vivi nickte und setzte sich zu Heath an den Tisch. „Ich kann den zusätzlichen Kick gut gebrauchen. Julianna war die halbe Nacht wach, nachdem meine Mom sie gestern Nachmittag ein dreistündiges Nickerchen hat machen lassen." Vivi stöhnte auf. „Ich finde ja toll, wie meine Mom uns beim Babysitten hilft, aber sie hat völlig aus den Augen verloren, wie wichtig es ist, Kinder nicht zu lange schlafen zu lassen. Ich bin um zwei Uhr morgens aufgewacht, als ich gehört habe, wie Julianna mit einer ihrer Puppen Tee getrunken hat." Vivi verdrehte die Augen und nahm einen kräftigen Schluck von dem Kaffee, den Sophia ihr reichte.

Kurze Zeit später schloss Heath die Tür hinter sich und winkte den beiden Frauen zum Abschied zu. Sophias Herz war erfüllt von Wärme und Freude. Zum ersten Mal seit über einem Jahr hatte sie einen gemütlichen Nachmittag mit ihrem Bruder und einer Freundin verbracht. Nichts anderes als Kaffee und gemütliches Plaudern. Heath war auf dem Weg zum Haus ihrer Eltern, um ihrem Vater zu helfen, ein paar alte Möbel aus der Scheune zu holen.

Sie warf einen Blick auf Vivi, deren Augen schwermütig wirkten.

„Was ist das für ein Ausdruck in deinem Gesicht?", fragte sie.

Vivi lächelte sanft und zuckte mit den Schultern. „Es ist einfach schön zu sehen, dass Heath endlich wieder wie er selbst aussieht."

Sophia nickte langsam. „Das stimmt. Das ist schon verdammt abgefahren."

Vivi grinste und rümpfte die Nase. Dann hielt sie ihrer Freundin die Kaffeetasse hin. „Ist noch Kaffee da?"

Sophia nahm ihr die Tasse aus der Hand, lehnte sich zurück und füllte Vivis Kaffee schnell wieder auf, ohne sich die Mühe zu machen, aufzustehen. „Hier, bitte sehr." Sie schob die Tasse über den Tisch.

Vivis Augen begannen zu funkeln. „Und? Klärst du mich jetzt über dein Date mit Daniel auf? Den ganzen Tag herrscht Funkstille, und das macht mich noch ganz irre. Ich lasse Nachsicht walten, weil Heath doch gerade erst zurückgekommen ist, aber jetzt solltest du mir besser alles erzählen."

Sophias Wangen fühlten sich an, als würden sie glühen. Sie hatte ja geahnt, dass es nur eine Frage der Zeit war, bis Vivi Daniel zur Sprache bringen würde, aber Sophia war sich über ihn lange nicht mehr so im Klaren wie gestern Abend, als sie Haut an Haut dagelegen hatten. In jedem freien Augenblick heute war er durch ihre Gedanken gewandert.

„O Gott, Viv, ich weiß auch nicht." Seufzend fuhr sie sich mit den Händen durch die Haare.

„Nun, du hast mit ihm zusammen zu Abend gegessen. Das weiß ich. Also das Abendessen kann dich doch kaum so aufgewühlt haben. Ich meine, er ist zwar heiß, aber ..."

„Oh, es war mehr als nur das Abendessen. Viel mehr."

Vivi quiekte. „Verdammt noch mal. Endlich hast du deine selbstauferlegte No-Sex-Regel gebrochen. Das ist doch mal eine großartige Nachricht!" Sie machte eine Pause, um einen Schluck Kaffee zu trinken, und ihr Blick wurde ernst. „Also, was hat dich so aus der Fassung gebracht?"

Sophia war so gerührt, dass ihr die Tränen auf die Augenlider drückten. Sie zuckte mit den Schultern. „Keine Ahnung. Ich bin innerlich total durcheinander. Ich habe übrigens nie eine No-Sex-Regel aufgestellt. Warum behauptest du sowas?", fragte sie, und verdrehte dabei die Augen.

Vivi gluckste. „Weil du schon ewig nicht mehr mit irgendwem ausgegangen bist."

„Nun, du doch auch nicht", erwiderte Sophia.

Vivi zuckte mit den Schultern. „Ich habe aber eine bessere Rechtfertigung. Ich bin eine alleinerziehende Mom, die auf die harte Tour gelernt hat, dass sich so manche Liebe als Trugschluss entpuppt." Damit bezog sie sich auf Juliannas Vater, der sich die meiste Zeit ihres Lebens rargemacht hatte. Sobald es darum ging, Verantwortung zu übernehmen, waren die Rosen der Liebe ganz schnell verwelkt.

Sophia seufzte und schüttelte den Kopf. „Vielleicht hältst du das ja für eine gute Rechtfertigung, aber trotzdem." Auf Vivis Seufzer hin kam sie wieder auf die Frage nach Daniel zurück. „Vielleicht bin ich so durch den Wind, weil die Sache mit Daniel ... so heftig ist. Es ist viel mehr, als ich erwartet habe, und jetzt habe ich Angst, dass mir die Sache über den Kopf wächst. Ich meine, im Augenblick ist der falsche Zeitpunkt, um eine Beziehung einzugehen. Ich habe viel zu viel zu tun mit der Arbeit, muss für Heath und meine Eltern da sein, ich weiß nicht mal, was Daniel überhaupt im Sinn hat oder wie lange er hierbleibt, und ..."

Vivi machte mit ihren Händen das Time-out-Zeichen und unterbrach ihre Freundin. „Ganz ruhig, Süße. Jetzt beruhigst du dich erst mal und atmest ganz tief durch."

Sophia vergrub ihr Gesicht in ihren Händen und zwang sich, mehrmals tief durchzuatmen. Als sie aufblickte, sah sie Vivis warme Augen. „Tut mir leid, das ist jetzt ein wenig ausgeufert. Lange Rede, kurzer Sinn: Ich weiß es einfach nicht."

Vivi nickte langsam. „Das ist kaum zu übersehen. Aber du magst ihn auch. Und zwar sehr."

Sophias Gesicht fühlte sich an, als stünde es in Flammen. „Also, ich weiß nicht ...“ Ihre Worte verstummten, als Vivi eine Augenbraue hochzog.

„Du musst dich bei mir nicht verstellen. Ich habe doch mitbekommen, wie du ihn angeguckt hast. Ich muss schon zugeben, dass der Mann wirklich gut aussieht. Und du vibrierst praktisch, wenn du in seiner Nähe bist.“

Sophia wusste nicht, wie das überhaupt möglich war, aber sie errötete noch heftiger. „So offensichtlich, hm?“ Es verunsicherte sie, wie deutlich ihre Zuneigung zu ihm zu erkennen war.

Vivi nickte verschmitzt. „Hey, das ist doch nicht schlimm, wenn du auf jemanden stehst, der offensichtlich genauso verknallt in dich ist.“

Ihr Bauch schlug Purzelbäume und Hoffnung keimte in ihrem Herzen auf. „Meinst du?“

Vivi grinste. „Äh, ja. Ihr beide wart doch völlig in eurer eigenen kleinen Welt. Ich bin schwer überrascht, dass ihr nicht sofort miteinander verschmolzen seid.“

Sophia kicherte und ernüchterte sich dann. „Das ist ja ganz nett zu wissen, aber das ändert leider auch nichts an der Tatsache, dass ich nicht wirklich Zeit habe ...“

Vivi warf ihre Hände erneut in die Höhe. „Hör endlich auf! Schluss mit diesen ganzen Hindernissen. Du wirst immer viel zu tun haben. So ist das Leben. Sicher, es war ein ereignisreiches und schwieriges Jahr für deine Familie. Aber du weißt genau, dass sie nicht wollen, dass du dein Leben auf Eis legst, bloß, weil du denkst, du müsstest jede Sekunde deiner Freizeit für sie opfern. Du kannst für Heath und deine Eltern da sein und trotzdem ein eigenes Leben haben. Ehrlich gesagt ist es für Heath wahrscheinlich besser, wenn du dich nicht einmischst. Er muss das alleine schaffen.“

Sophia holte tief Luft und strich untätig über den Rand der Obstschale auf dem Tisch. „Ich weiß", antwortete sie leise. „Ich möchte ja auch gar nicht den Eindruck erwecken, dass ich Hindernisse aufstelle. Ich habe nur nicht erwartet, dass ich Daniel so sehr mag. Außerdem weiß ich nicht mal, wie genau er über Shifter Bescheid weiß und wie lange er überhaupt in Painter bleibt."

Vivi seufzte schwer. „Na gut. Stimmt, das könnte ein Problem sein. Aber er ist eindeutig ein Shifter. Jeder in der Familie seiner Mutter war ein Shifter, ganz zu schweigen davon, dass er diese ganz bestimmte Ausstrahlung besitzt. Unabhängig davon, was er weiß oder nicht weiß, wird er sich so oder so damit abfinden müssen. Vielleicht solltest du ihn einfach danach fragen."

Als Sophia die Augen aufriss, schmunzelte Vivi, stand auf und trug ihre Kaffeetasse zur Spüle. Dann wandte sie sich ihrer Freundin zu und lehnte sich mit den Hüften gegen den Tresen. „Du kennst mich doch, ich würde es einfach hinter mich bringen."

Dann trat sie an Sophias Seite und drückte ihr einen Kuss auf die Wange. „Ich muss jetzt los. Juliannas Bus ist jeden Augenblick da." Damit streichelte sie noch schnell Daisy und stürmte aus der Tür.

KAPITEL ACHT

Daniel fuhr die gewundene Straße entlang, die zum Haus seines Onkels führte, dem Elternhaus seiner Mutter. Das alte Bauernhaus lag von der Straße zurückgesetzt am Fuße der Berge. Es war ein zweistöckiges Haus mit einer umlaufenden Veranda und einer einfachen weißen Fassade. Man sah ihm sein Alter an und an einigen Stellen blätterte die Farbe ab. Der Garten war überwuchert. Vor dem Haus war ein einzelnes Auto geparkt. Er hielt an und stellte den Motor ab. Um ihn herum herrschte Stille. Er wollte sich eigentlich gar nicht so fühlen, aber er war angespannt. Er hatte bereits erfolglos versucht, seinen Onkel zu erreichen. Der Mann schien keine Telefonnummer zu haben und war im Internet nicht zu finden. Daniel hatte ein Jahr Zeit gebraucht, um die Tatsache zu verdauen, dass er ein Shifter war, sich mit der Wahrheit über den Tod seines Bruders auseinanderzusetzen und nun war er dabei, das letzte lebende Mitglied der Familie seiner Mutter kennenzulernen.

Er stieg hastig aus dem Auto aus und hielt inne, um sich umzusehen. Auf der einen Seite des Hauses befand sich ein Garten, der seit vielen Jahren nicht gepflegt worden war. Auf der anderen Seite schossen Espen in die Höhe. Das Haus lag außerhalb der Innenstadt von Painter. Die malerische Stadt lugte zwischen den Bäumen hervor. Hinter dem Haus erhoben sich die Berge steil in den Himmel. Er holte tief Luft und marschierte die Treppe hinauf. Nachdem er an die Tür geklopft hatte, wartete er lange genug, um sich schließlich schon zu fragen, ob jemand zu Hause war. Gerade als er ein weiteres Mal klopfen wollte, öffnete sich die Tür.

Vor ihm stand ein Mann. Er war groß, nur einen Hauch kleiner als Daniel, der mit seinen knapp 1,90 m überdurchschnittlich groß war. Er hatte überwiegend graues Haar und blassblaue Augen. Daniel hätte nicht genau sagen können, was er erwartet hatte, aber das hier jedenfalls nicht. Der Ausdruck des Mannes war gleichgültig. Er wölbte eine Augenbraue. „Kann ich Ihnen helfen?"

„Ich suche nach Nelson Weaver. Das sind nicht zufällig Sie, oder?"

Ein kleiner Teil von Daniel hoffte, dass dieser Mann es nicht war, denn er wirkte alles andere als einladend. Doch der Mann neigte den Kopf zur Seite und nickte langsam.

„Ich bin Nelson. Und wer sind Sie?"

„Ich bin Daniel Hayes, dein Neffe." Es war schwer, die Worte herauszubekommen.

Nelsons Augen weiteten sich. „Heilige Scheiße", murmelte er. „Was zum Teufel hast du in Painter zu suchen?"

Daniel dachte einen Augenblick über seine Worte nach und beschloss, genauso offen zu sein wie Nelson. „Meine Mutter ist letztes Jahr verstorben. Kurz vor ihrem Tod hat sie mir erzählt, was mit David passiert ist und warum wir weggezogen sind. Bevor ich das alles erfahren habe, hat sie viel über Painter gesprochen und wie sehr sie die Stadt vermisst. Also habe ich mich entschlossen, den Ort zu besuchen, den sie so sehr geliebt hat, und herauszufinden, ob ich wieder Kontakt zu irgendwelchen Angehörigen aufnehmen kann. Soweit ich weiß, bist du der einzige Familienangehörige, der noch in der Gegend lebt."

Nelson trat von der Tür zurück und bedeutete Daniel, einzutreten. Er wirkte immer noch nicht warm und freundlich, obwohl er eindeutig neugierig war. Daniel folgte ihm hinein und sah sich um. Sie durchquerten eine Eingangshalle. Direkt vor ihnen befand sich eine Treppe. Auf beiden Seiten der Eingangshalle gab es Türbögen. Einer führte in die Küche und der andere in den Wohnbereich. Das Haus wirkte leer, fast so, als würde hier eigentlich niemand wohnen. Die Möbel im Wohnzimmer waren mit Laken bedeckt und schienen nicht benutzt zu werden. Nelson ging voran in die Küche. Es war eine große Küche im Landhausstil mit einem uralten Porzellanofen in der Mitte der hinteren Wand und einer Arbeitsplatte, die um den Raum herum verlief. Eine breite Kücheninsel trennte die Küche vom Essbereich. Durch die großzügigen Fenster konnte man einen Teil des überwucherten Gartens sehen.

Obwohl dieser Raum nicht völlig unbenutzt zu sein schien, verbrachte Nelson hier offensichtlich nur wenig Zeit. Ein einzelner Teller stand auf einem Trockengestell neben dem Spülbecken. Nelson setzte sich an den Tisch und bedeutete Daniel, sich zu ihm zu setzen. Daniel ließ sich auf der Bank gegenüber von Nelson nieder und überlegte, was er als Nächstes sagen sollte. Schließlich ergriff Nelson wieder das Wort.

„Hier sind deine Mutter und ich aufgewachsen. Sie hat dieses alte Haus geliebt."

Für einen kurzen Augenblick sah Daniel den Schmerz in Nelsons Augen, bevor er rasch wieder wich. Daniels Mutter hatte ihm erzählt, dass sie ihre Eltern in den Jahren nach ihrem Umzug nur noch gelegentlich besucht hatte und dass sie den Kontakt zu ihrem Bruder nach dem Tod ihrer Eltern ganz verloren hatte.

Daniel nickte. „Sie hat das Haus erwähnt. Sie war sich nicht einmal sicher, ob es sich noch in Familienbesitz befindet."

Nelson zuckte mit den Schultern. „Ja, wir sind nicht wirklich in Kontakt geblieben. Nach dem Tod deines Bruders war alles ziemlich schwierig."

„Das hat meine Mom auch gesagt." Daniel fühlte sich unwohl und wusste nicht, was er fragen sollte. Der Tod seines Bruders war in seinem Leben wie eine Glocke, die nicht aufhören wollte zu läuten. Er war zu jung, um sich an allzu viel von David zu erinnern. Als David starb, war er erst drei Jahre alt gewesen. Er erinnerte sich dunkel an einen Bruder, der ihn neben sich sitzen ließ, um Zeichentrickfilme zu schauen. Noch lebhafter erinnerte er sich an die schwere Stille, die die Erinnerung an David für den Großteil seiner Kindheit einhüllte. Was er nun wusste, rückte die Sache in eine andere Perspektive. Seine Mutter hatte große Schuldgefühle erlitten, weil ihr kleiner Junge unerwartet in einem Park verschwunden war. Sein Vater hatte Wut und Schuld in sich getragen. Daniel hatte nie die Gelegenheit gehabt, seinen Vater über Davids Tod zu befragen, um die Wahrheit zu erfahren. Über die Ehe seiner Eltern wusste er lediglich, dass sie sich innig geliebt hatten, eine Liebe, die man nicht oft erleben durfte. Im Rückblick konnte Daniel den Zorn seines

Vaters über Davids Tod nachvollziehen und auch die Schuldgefühle, die er dabei empfunden hatte. Im Nachhinein hätte es ihn nicht gewundert, wenn so etwas wie Davids Tod eine Familie auseinandergerissen hätte. Erinnerungen an seine Eltern schwirrten durch seine Gedanken, als er zu Nelson hinübersah. Irgendwie schien das Wort „hart" dem nicht gerecht zu werden, was Davids Tod für seine Familie bedeutet hatte.

Daniel holte tief Luft. „Falls du dich wunderst: Ich weiß, wie David gestorben ist." Er hielt es für besser, das klarzustellen.

Nelson sah ihn einen langen Augenblick lang an und nickte dann energisch. „Also gut. Wie, äh, wie ist Sarah gestorben?"

Daniel krampfte sich das Herz zusammen, ein anhaltender Anflug von Schmerz. „Lungenentzündung, die sich schnell verschlimmert hat. Sie hat das alles nie überwunden. Zum Zeitpunkt ihres Todes hatte sie endlich ihren Frieden gefunden."

Nelson schwieg. „Tut mir leid, dass ich nicht da war."

Daniel zuckte mit den Schultern. „Wie du schon gesagt hast, hattet ihr den Kontakt zueinander verloren. Soweit ich weiß, haben sich meine Eltern von Painter und allen, die damit zu tun hatten, ferngehalten, nachdem sie weggezogen waren."

„Das stimmt."

Wieder ein langes Schweigen. Dann räusperte sich Daniel. „Hör zu, ich würde gerne alle kennenlernen, die von meiner Familie noch übrig sind."

„In der Nähe von Painter bin ich das. Wir haben einige Cousins und Cousinen, die in Colorado verstreut leben, aber ich bin mit niemandem in Kontakt geblieben. Wenn du weißt, wie David gestorben ist, dann weißt du auch, dass dieses Ereignis ein riesiges Loch in die Gemeinschaft der Shifter gerissen hat. Meine Eltern sind nie wirklich darüber hinweggekommen. Sie haben sich bis zu ihrem Tod hier verkrochen. Ich versuche, mich um meine eigenen Angelegenheiten zu kümmern. In der Welt der Shifter vergisst man nicht so schnell. Zwar hat niemand David die Schuld gegeben, aber was passiert ist, hat uns alle in Gefahr gebracht. Das Ganze ist schon verdammt lange her."

Darauf war Daniel vorbereitet gewesen, denn seine Mutter hatte ihn bereits gewarnt. „Ich weiß. Wir müssen uns ja jetzt nicht mit diesen schweren Fragen aufhalten. Vielleicht kannst du mir erzählen, was du machst, mir das Haus zeigen und so weiter?"

Nelson schwieg einen Augenblick lang. Der Mann war nicht besonders gesprächig, das war offensichtlich. „Da gibt es nicht viel zu erzählen. Ich bin selbstständig und erledige gelegentlich alle möglichen Jobs. Du kannst dich gerne im Haus umsehen. Ich verwende nur ein paar Räume. Falls du dich das fragst: Sobald ich sterbe, geht es an dich über. Das haben deine Großeltern so geregelt, bevor sie gestorben sind."

Daniel war unschlüssig, was er darauf antworten sollte, und nickte. In der nächsten halben Stunde nahm Nelson Daniel mit auf einen kurzen Rundgang durch das Haus. Als Daniel davonfuhr und das Bauernhaus im Rückspiegel zu einem Fleck verblasste, wurde ihm bewusst, dass er gerade seinen Onkel kennengelernt hatte, ihn aber nicht wiedersehen wollte. Nelson hinterließ bei ihm ein ungutes Gefühl. Sein Onkel war in ungewöhnlichem Maße distanziert und zurückhaltend. Der einzige Augenblick, in dem er die Möglichkeit von Wärme gespürt hatte, war, als Nelson erwähnt hatte, wie sehr Daniels Mutter das Haus geliebt hatte. Daniel hatte nur so ein Gefühl, aber er spürte, dass Nelsons Leben in den Jahren seit Davids Tod eine unangenehme Wendung genommen hatte. Er war froh, ihn kennengelernt zu haben, aber er ahnte, dass ihr Treffen nicht zu mehr führen würde.

Er ertappte sich dabei, dass er geradewegs in die Innenstadt von Painter fuhr und auf das Mile High Grounds zusteuerte.

Jetzt wollte er Sophia sehen. Nein, er *musste* sie unbedingt sehen.

———

Sophia bereitete schnell einen weiteren Espresso zu und reichte ihn an Josie weiter. Sie waren in einem gewissen Rhythmus. Der Nachmittag war anstrengend gewesen. Sie funktionierte auf Autopilot. Tommy warf ihr einen Blick zu und murmelte ihr zu: „Toilettenpause." Sie nickte ihm zu.

„Josie, ich übernehme den Tresen, während Tommy eine Pause einlegt. Warum machst du nicht auch eine, sobald er wieder da ist?"

Josie nickte. „Klar."

Als Sophia an den Tresen trat, erhöhte Josie sofort das Tempo und machte zwei Kaffees auf einmal. Sophia unterhielt sich mit den Kunden und scherzte mit den Stammgästen. Dann kehrte Tommy zurück und löste Josie ab. Als es auf den späten Nachmittag zuging, wurde der Kundenstrom immer spärlicher. Sophia liebte diese Tageszeit im Coffee Shop. Die Nachmittagssonne fiel schräg durch die Fenster und tauchte den Laden in ein sanftes Licht. Die Kunden, die um diese Tageszeit hier waren, waren meist ruhig. Normalerweise hatten sie am Nachmittag Zeit, alle möglichen Vorbereitungsarbeiten zu erledigen. Josie begann damit, die Regale mit den Kaffeetassen und anderen Waren, die sie vorne verkauften, in Ordnung zu bringen, während Tommy sich in die hintere Küche zurückzog und das Gebäck für den nächsten Tag vorbereitete.

Sophia blieb am Tresen und rief auf dem Computerbildschirm die Bestellübersicht für die Vorräte auf. Sie bemühte sich, biologisch angebaute Kaffeebohnen aus der Region zu besorgen und auch ökologische Backwaren zu bestellen. Sie hatte ein paar Stammlieferanten und machte sich an die Arbeit für die Bestellung dieses Monats. Dabei war sie so konzentriert, dass sie gar nicht mitbekam, wie der nächste Kunde an den Tresen trat.

„Sophia?"

Daniels Stimme, tief und rau, traf sie mitten ins Herz. Hitze wallte durch ihren Körper. Ihre Augen schnellten nach oben und trafen auf seinen Blick aus marineblauen Augen. Sofort erwachte die Luft um sie herum zum Leben, als würde sie von Flammen erfasst. Einen langen, gespannten Augenblick lang standen beide still da. Schließlich schüttelte Sophia ihren Kopf. Daniels Mundwinkel verzogen sich zu einem halben Lächeln.

„Das scheinst du oft zu tun."

Sie biss sich auf die Lippe, um nicht zu lachen.

„Warum bringst du mich immer dazu, den Kopf zu schütteln?"

„Gib doch nicht mir die Schuld dafür."

„Also gut, du bringst mich nicht zum Kopfschütteln. Es ist nur so, dass ich gar nicht mehr klar denken kann, sobald du in der Nähe bist." Dabei errötete sie.

„Dann sind wir ja schon zwei."

Daniels Blick verdunkelte sich. Sophias Puls raste, und ihr Atem ging stoßweise. In diesem Augenblick näherte sich eine weitere Kundin. Daniel trat zur Seite. „Nur zu", gab er der Frau zu verstehen.

„Was darf ich Ihnen bringen?", fragte Sophia fröhlich und versuchte, ihr rasendes Herz zu beruhigen. Zu behaupten, Daniel würde sie ablenken, wäre eine mächtige Untertreibung gewesen. Ihr Körper war wie ein spannungsgeladener Draht, sobald er in der Nähe war.

Die junge Frau strich sich ihr blondes Haar hinter die Ohren und nestelte an einem silbernen Armband herum, während sie die Speisekarte auf der Kreidetafel hinter dem Tresen las. „Ich nehme einen Mokka Latte."

Sophia drehte sich zu Tommy um, der kurz innehielt und ihren Blick auffing. „Schon dabei", antwortete er und grinste. Er trat aus dem hinteren Küchenbereich hervor und begann sofort, den Latte zuzubereiten. Sophia kassierte die Frau ab und übergab ihr das Wechselgeld.

Daniel lehnte an der Wand neben dem Tresen, eine Hand in der Tasche seiner Jeans. Die Konturen seiner kräftigen Brust füllten sein marineblaues T-Shirt aus. Sie musste daran denken, wie sich seine Brust unter ihren Händen und an ihrem Körper anfühlte. Da überkam sie eine weitere Hitzewelle. Tommy trat an ihre Seite und schob den Latte der Frau über den Tresen. „Hier, bitte sehr", antwortete Tommy. Nachdem die Frau weggegangen war, sah Tommy sie von der Seite an. „Möchtest du mir nicht deinen Freund vorstellen?", fragte er flüsternd.

Sie errötete schlagartig. „Natürlich." Während Tommy sich wieder dem Tresen zuwandte, warf sie einen Blick zu Daniel. „Daniel, das ist Tommy Dawson."

Daniel trat an den Tresen und reichte Tommy die

Hand. „Daniel Hayes. Freut mich, dich kennenzulernen."

Tommy grinste und seine braunen Augen funkelten. „Schön, dich kennenzulernen. Wie lange lebst du
schon in Painter?"

„Ich bin erst vor kurzem hierhergezogen. Aber ich
habe schon mein Lieblingscafé gefunden", antwortete
er mit einem Grinsen.

Tommy gluckste. „Das Mile High ist das beste in
der Stadt."

Nun trat ein junges Paar an den Tresen. Sophia
bediente sie, während Daniel und Tommy weiter plau-
derten. Josie kehrte hinter den Tresen zurück. Die
nächste Stunde verging wie im Flug. Daniel landete in
der kleinen Küche im hinteren Teil des Ladens, wo er
Tommy Gesellschaft leistete und bei den Vorbereitungen für das Gebäck am nächsten Morgen half. Er
und Tommy waren auf das Thema Computerprogram-
mierung zu sprechen gekommen. Sophia empfand eine
seltsame Gefühlsmischung angesichts von Daniels
unkomplizierter Art. Ein Teil von ihr freute sich
darüber, während ein anderer Teil sie davor warnte,
sich allzu viel davon zu versprechen. Wie auch immer,
er verbrachte den Nachmittag dort und ließ sie jedes
Mal erröten, wenn ihr Blick auf ihm landete. Als es an
der Zeit war, zu schließen, bestanden Tommy und
Josie darauf, dass sie abschließen würden. Zuerst
zögerte sie, aber dann konnte sie dem Drang nicht
widerstehen, Daniel für sich allein zu haben. Schnell
folgte Daniel ihr nach draußen.

Auf dem Bürgersteig hielt sie inne. Hinter den
Bergen ging gerade die Sonne unter. Der Himmel war
in Gold, Orange und Rot getaucht. Die verzierten
Straßenlaternen flackerten auf. Da drehte sie sich zu
Daniel um. Der stand schweigend da, die Hände in

den Taschen. Er schaute nach oben in den Sonnenuntergang, aber in dem Augenblick, in dem sie sich umdrehte, fiel sein Blick auf den ihren. „Ich hatte gehofft, dass wir uns heute Abend sehen.“

Die einzige Antwort war Ja. Sie nickte wortlos. Das Gefühl raubte ihr den Atem. Diese heftigen Gefühle, die Daniel in ihr auslöste, waren überwältigend. In zwei Schritten war er vor ihr. Doch er sagte kein einziges Wort. Seine Augen hielten die ihren fest – in ihnen spiegelten sich Hitze und Verständnis. Dann neigte er den Kopf und küsste ihre Lippen. Es war nur ein Kuss, ein kurzes Streichen seiner Lippen über die ihren, bevor er ihre Unterlippe mit den Zähnen einklemmte und sanft daran zog, bevor er sich wieder von ihr löste. Hitze durchflutete ihren Körper, flüssiges Verlangen wirbelte in ihrer Mitte.

Er blieb in ihrer Nähe. Ihre Hand war auf seiner Brust gelandet und sie konnte sein Herzklopfen spüren. Ein kleines Glücksgefühl durchströmte sie, weil sie wusste, dass er vielleicht genauso von ihr angetan war wie sie von ihm. Dann räusperte er sich. „Warst du heute schon in der Stadt?“

Sie nickte und versuchte, zu Atem zu kommen und das wilde Schlagen ihres Pulses zu zügeln.

„Sollen wir etwas essen gehen?“

Sie schüttelte entschlossen den Kopf. Sie mochte sich kopfüber ins Ungewisse stürzen, aber sie brauchte ihn jetzt für sich. „Lass uns wieder bei mir zu Hause zu Abend essen. Daisy wird mich sowieso bald zu Hause erwarten.“

Daniel lächelte langsam. „Abendessen bei dir klingt großartig.“

KAPITEL NEUN

Daniel stand in Sophias Küche und hackte eifrig Zwiebeln. Daisy lag in der Mitte der Küche und nahm mit ihrer ausladenden Gestalt fast den ganzen Boden ein. Nachdem die beiden in Sophias Haus angekommen waren, hatte sie Daisy gefüttert und ihm eröffnet, ein Pfannengericht zubereiten zu wollen. Daniel hatte seine Hilfe angeboten, also beauftragte sie ihn mit dem Schnibbeln des Gemüses, während sie das Hühnchen schnitt. Er nahm einen Schluck Wein aus dem Glas, das sie für ihn neben das Schneidebrett gestellt hatte.

Wenn er bei ihr war, fühlte er sich geborgen und entspannt. Gerade jetzt kam es ihm vor, als hätten sie das schon hunderte Male gemacht. Dabei kochten sie bloß zusammen das Abendessen. Allerdings wusste Daniel nicht genau, was er mit der Tiefe seiner Gefühle anfangen sollte. Ganz zu schweigen von der fast überwältigenden Anziehungskraft, die zwischen ihnen aufflammte, sobald sie sich in Sichtweite befanden.

Als sie sich zum Essen hinsetzten, stellte er endlich

die Frage, die er ihr schon seit dem Besuch bei seinem Onkel hatte stellen wollen. „Bist du eigentlich auch eine Shifterin?"

Sophia war gerade dabei, ihre Gabel zum Mund zu führen. Plötzlich erstarrte ihre Hand in der Luft und ihre Augen weiteten sich. Langsam legte sie ihre Gabel ab. Dann sah sie ihn mit suchendem Blick an. Nach einigen Augenblicken des Schweigens nickte sie langsam. „Allerdings. Jeder in meiner Familie ist ein Shifter. Ich nehme an, du fragst aus einem bestimmten Grund."

Daniel dachte über seine Antwort nach. Er verschaffte sich ein wenig Zeit, indem er einen Bissen vom Essen nahm. „Ich habe erst kurz vor dem Tod meiner Mutter erfahren, dass es Shifter tatsächlich gibt. Sie hat mir in nur wenigen Wochen einen Crashkurs in unserer Familiengeschichte gegeben und mir erklärt, warum ich kaum mehr ertragen habe, im Wald wandern zu gehen."

Sophia hatte unterdessen wieder begonnen zu essen. Zwischen zwei Bissen legte sie eine Pause ein und nahm einen kräftigen Schluck Wein. „Wow. Das muss ja ... Ich weiß nicht so recht. Wie kommst du mit all dem klar?"

Daniel nahm einen Schluck Wein und dachte über ihre Frage nach. Er war sich bewusst, dass er eigentlich bestürzt, erschrocken, verwirrt sein und viele andere Gefühle hätte haben können, aber nachdem er alles von seiner Mutter erfahren hatte, war er vor allem erleichtert. Tief in seinem Inneren hatte er schon immer geahnt, dass er irgendwie anders war. Sämtliche Fragen, die ihm im Kopf herumschwirrten, waren beantwortet, als seine Mutter ihm die Wahrheit darüber mitgeteilt hatte, wer und was er war. Er warf einen Blick zu Sophia hinüber, die geduldig auf seine Antwort wartete. „Ich kann nicht behaupten, dass es am Anfang nicht etwas befremdlich war, aber es hat schließlich alles einen Sinn ergeben. Ich komme mit all dem gut klar. Es tut mir leid, wie mein Bruder gestorben ist und was das mit meiner Familie angerichtet hat, aber ich bin erleichtert, die ganze Wahrheit zu kennen." Nach einer Pause überlegte er, ob er sich mit ihr über seinen Onkel unterhalten sollte. Schließlich beschloss er, es doch zu tun. „Ich habe heute meinen Onkel besucht."

Ihre Augen weiteten sich leicht. „Und wie ist es gelaufen?"

„Nicht wirklich gut. Er ist nicht gerade ein freundlicher Kerl. Ich wollte dich fragen, ob du mich vielleicht deiner Mom vorstellen kannst, damit ich sie über meine Familie ausfragen kann, wie du gesagt hast. Nelson war ziemlich wortkarg. Was weißt du eigentlich über ihn?"

Sie schüttelte langsam den Kopf. „Eigentlich nicht viel. Ich habe ihn seit Jahren nicht mehr gesehen. Meine Mutter kann dir sicher mehr sagen. Ich weiß nur, dass er sich auf dem alten Grundstück deiner Familie aufhält und sich dort zurückgezogen hat. Ich rufe meine Mom morgen an und bringe dich raus zu ihr, damit du sie persönlich kennenlernen kannst." Sie machte eine Pause, um einen Schluck Wein zu trinken. „Ich möchte ja nicht allzu neugierig sein, aber wie fühlst du dich, nun, da du weißt, dass du ein Shifter bist?"

„Auf eine gewisse Art und Weise habe ich immer schon gespürt, dass irgendwas nicht stimmt, wenn ich im Wald gewandert bin und gedacht habe, mein Körper würde explodieren. Als meine Mom mir schließlich alles erzählt hat, war ich irgendwie erleichtert, sobald ich mich an den Gedanken gewöhnt hatte."

„Ich versuche mir einfach auszumalen, wie es ist, wenn einem etwas so Gewaltiges so früh im Leben widerfährt. Ich weiß schon, dass ich eine Shifterin bin, so lange ich denken kann. In Painter gibt es eine ziemlich große Shiftercommunity, sodass man hier unweigerlich andere kennenlernt oder von ihnen hört. Es muss einsam gewesen sein, die Wahrheit so zu erfahren wie du."

„Das stimmt wohl, aber daran kann ich jetzt nicht mehr viel ändern. Das ist auch einer der Gründe, warum ich nach Painter gekommen bin. Meine Mom hat mir erzählt, dass ich hier andere Shifter kennenlernen kann. Ich weiß, dass es wahrscheinlich überall welche gibt, aber ich wollte so gerne an den Ort zurückkehren, wo meine Familie herkommt."

Sophia nickte. „Shifter gibt es überall, aber Painter und ein paar andere Gemeinden sind Hochburgen. Meine Familie ist vor ein paar Generationen aus Catamount, in Maine, wo die Shifter aus der Region herkommen, hierhergezogen. Angeblich bin ich ein Nachfahre einer Gründerfamilie von Shiftern."

Nun war Daniels Neugier geweckt. Er wollte so viel wissen, dass es schwierig wurde, ihn in seinem Tatendrang zu bändigen. Doch Sophia schien das nicht zu stören und sie beantwortete bereitwillig alle seine Fragen über die Shiftercommunity. Das Abendessen verging schnell. Ehe er sich versah, räumte Sophia die Teller vom Tisch ab und lud sie in die Spülmaschine. Er stand vom Tisch auf und trug die leeren Weingläser zu ihr hinüber. Dabei berührten ihre Finger seine und ein Anflug von Lust durchzuckte ihn. Der Strom zwischen ihnen versiegte wohl nie. Zwar nahm er immer mal wieder ab, aber er war immer zu spüren.

Ihr dunkles Haar wehte über ihre Schulter, als sie sich herunterbeugte und die beiden Gläser in den Geschirrspüler stellte, bevor sie ihn schloss. Sie trug ein Paar schwarze Leggings und ein enges smaragdgrünes T-Shirt. Ihre Cowboystiefel hatte sie vor der Tür abgestreift. Da drehte sie sich zu ihm um und stützte sich mit den Händen auf der Arbeitsplatte ab. Sein Herz pochte, stark und gleichmäßig. Das Brodeln der Lust in ihm drohte überzuschwappen. Es juckte ihn, sie einfach zu packen, sie sich über die Schulter zu werfen und sie direkt ins Schlafzimmer zu tragen. Daisy, die den Großteil des Bodens in Beschlag genommen hatte, streckte sich und seufzte.

Daniel begegnete Sophias Blick, diesen wunderschönen grünen Augen, und sah, wie das Verlangen sie verdunkelte. Dann schritt er um Daisy herum und ergriff Sophias Hand. In dem Augenblick, in dem sich seine Handfläche um die ihre schloss, verstärkte sich der pochende Schlag der Lust. Verflogen waren jegliche Gedanken daran, die Dinge jetzt langsam anzugehen. Obwohl kein Wort zwischen ihnen fiel, verrieten ihm ihr dunkler Blick und das schnelle Flattern des Pulses an ihrem Handgelenk, alles, was er wissen musste. Er wandte sich um und schritt an Daisy vorbei, Sophias Hand fest in der seinen. Als er die Tür ihres Schlafzimmers erreichte, warf er einen Blick über seine Schulter. Sie griff an ihm vorbei und versetzte der Tür einen sanften Stoß. Daraufhin trat er hindurch, sie direkt hinter ihm. Drinnen angekommen, ließ er keine Sekunde verstreichen, drehte sich zu ihr um und presste seinen Mund auf den ihren.

Die Glut in ihrem Inneren schlug in weißglühende Flammen um, als sie sich ihm entgegenwölbte und gegen seinen Mund keuchte. Er ließ seine Zunge in sie hineingleiten und stieß ein leises Knurren aus, als ihre Zunge seine Streicheleinheiten erwiderte. Während er seine Lippen von den ihren löste, stützte er sich an der Tür hinter ihr ab und leckte und knabberte sich an ihrem Hals entlang. Er konnte sich kaum zurückhalten, als er eine Handfläche um ihre Brust legte und die feste Wölbung ihrer Brustwarze durch die dünne Baumwolle ihres T-Shirts spürte.

Sein Löwe brodelte unter seiner Haut und verlangte nach mehr. Jetzt. Er musste sie schmecken, jeden Zentimeter von ihr kennenlernen. Die nächsten Augenblicke vergingen wie im Rausch. Er zerrte an ihrer Kleidung, zerriss ihr T-Shirt mittendurch und schob ihre Leggings nach unten. Sie war genauso stürmisch wie er, schob sein T-Shirt hoch und warf es quer durch den Raum. Schnell knöpfte sie seine Jeans auf und begann, ihre Handfläche um seine Länge zu legen, aber er ließ sich nicht beirren.

Stattdessen schob er eine Hand unter ihr Knie und strich mit einem Finger durch ihre Spalte. Ihr Kopf sank gegen die Tür hinter ihr und ihr Atem kam in einem langen Zischen heraus. Sie war klatschnass, so unendlich feucht, dass er nur noch daran denken konnte, wie gut es sich anfühlen würde, in ihr versunken zu sein. Irgendwie gelang es ihm, einen dünnen Faden der Kontrolle aufrechtzuhalten. Er mochte sich zwar am Rande des Wahnsinns befinden, aber er wollte, dass sie alles außer ihm vergaß, dass er bei ihr genauso tiefe Spuren hinterließ, wie sie bereits bei ihm. Der Puls der Lust durchfuhr ihn, als er seine Finger langsam zwischen ihren Schamlippen hin und her bewegte. Sobald er einen Finger und dann einen weiteren in ihren Kanal einführte, krampfte sie sich um ihn herum zusammen.

Er kniete sich hin und blickte einen Augenblick lang auf. Ihr dunkles Haar fiel ihr wirr um die Schultern. Ihre dunklen Brustwarzen lugten durch den Vorhang ihrer Haare hervor. Allein ihre vollen Brüste zwangen ihn in die Knie, also war es gut, dass er sich bereits niedergekniet hatte. Ihr Atem kam keuchend und stoßweise. Ihre Augen flackerten auf, ihr Blick war verschwommen vor Leidenschaft. Er hielt ihren Blick bis zur letzten Sekunde fest, beugte sich dann vor und führte seinen Mund zu ihrer Mitte. Daraufhin stemmten sich ihre Hüften gegen ihn. Er umfasste sie mit einer Hand, genoss, wie die Haut unter seinem Griff nachgab, und fing an, jeden Zentimeter von ihr zu schmecken und zu genießen. Ihr Atem kam stoßweise und sie stöhnte leise. Dabei leckte und streichelte er sie und bewegte seine Finger in einem gleichmäßigen Rhythmus. Ihre Schenkel waren nass von ihrem eigenen Saft und ihr Kopf sank gegen die Tür. Ihr Kanal begann um seine Finger zu pochen. Erst dann wirbelte er mit seiner Zunge noch einmal um ihre Perle. Ihre Schreie ergossen sich über ihn, während er seine Finger herauszog und sich langsam erhob.

———

Daniel fummelte in seiner Tasche nach einem Kondom, während Sophia seine Jeans über seine Hüfte schob. Sie war fast wahnsinnig vor Verlangen, obwohl er sie gerade durch einen überwältigenden Orgasmus getrieben hatte, der immer noch durch ihren Körper raste. Sie wollte ihn unbedingt in sich spüren. Und zwar jetzt. Seine kräftige Handfläche legte sich unter ihren Oberschenkel und hob ihn hoch, nachdem er ein Kondom übergestreift hatte.

Daraufhin hoben sich seine Augen und sahen sie an. Einen Augenblick lang hielt er still, seine Eichel ruhte an ihrem Eingang. Dieser eine Moment ließ Flammen in ihr auflodern, das Bedürfnis, mit ihm eins zu werden, saß so tief, dass sie es kaum noch aushielt. Gerade als sie schon dachte, dass er ihrem Verlangen nachgeben und sie ausfüllen würde, zog er seinen Schwanz in ihren glatten Falten hin und her, wobei jede Bewegung ihre Lust ins Unermessliche steigerte.

Sobald sich ein Stöhnen aus ihrer Kehle löste, beugte er sich schnell vor und eroberte ihre Lippen in einem leidenschaftlichen Kuss. Mit einem Knurren zog er sich zurück, während sie ihre Hüften gegen ihn stemmte. Verloren in seinem dunklen Blick, keuchte sie erleichtert auf, als er endlich in ihr versank. Er stieß tief in sie hinein und hob ihr Knie an. Sie umschlang seine Hüften mit ihren Beinen und hielt sich fest, als er sich zu bewegen begann. Er hielt sich nicht zurück und stieß mit langen, tiefen, hämmernden Stößen in sie. Die Tür hinter ihr begann zu klappern. Er hielt sie leicht in seinen Armen, während er sie immer weiter in Richtung ihres Höhepunktes trieb und der Druck in ihr zu einem wilden Sturm anwuchs. Nach einem weiteren heftigen Orgasmus stieß sie einen heiseren Schrei aus. Danach stieß er mit einem leisen Knurren ein letztes Mal in sie, sein Körper versteifte sich und erschauderte dann. Sein Kopf sank auf ihre Schulter und sie atmeten beide, als wären sie ein Organismus, als er sie an sich drückte.

Langsam hob er seinen Kopf und lockerte seinen Griff um sie, bevor er von der Tür zurücktrat und sie ins Bad trug. Er machte das Licht mit dem Ellbogen an und griff mit einer Hand in die Dusche, um sie aufzudrehen, während er sie weiter fest an sich drückte. Sie wünschte sich, dass er sie niemals wieder losließ. Ein kleiner Teil von ihr war fassungslos über die Tiefe der Gefühle, die er in ihr auslöste. Aber der Rest von ihr wollte das Gefühl einfach nur auskosten. Langsam lockerte er seinen Griff um ihre Hüften und sie glitt seinen Körper hinunter. Dann entledigte er sich rasch seines Kondoms und zog sie mit sich unter die Dusche.

Eine Weile später lag sie neben Daniel im Bett. Daisy schnarchte hörbar am Fußende des Bettes. Sophias Handfläche ruhte auf Daniels Brust und sie konnte den langsamen und gleichmäßigen Schlag seines Herzens spüren. Sein Arm legte sich um sie und ruhte auf ihrer Hüfte, um sie festzuhalten. Ein Gefühl tiefer Geborgenheit überkam sie, als sie schließlich einschlummerte.

KAPITEL ZEHN

Daniel folgte Sophia in das Haus ihrer Eltern. Nachdem er sie heute Morgen bei der Arbeit abgesetzt hatte, hatte sie ihm eine Nachricht geschickt und gefragt, ob er sich am Nachmittag mit ihrer Mutter unterhalten wollte. Auf der Veranda des Bauernhauses hielt er inne und ließ seinen Blick über das kleine Tal in der Nähe schweifen. Die Sonne spiegelte sich in einem kleinen Bach, der sich durch das Tal schlängelte. Auf der anderen Seite ragte ein Bergkamm empor, der eine Gruppe von Espen überschattete. Eine Elster schoss aus den Bäumen neben dem Haus hervor und landete im Sturzflug auf dem Geländer der Veranda, nur eine Armlänge von Daniel entfernt. Er hörte, wie die Tür geöffnet wurde und wandte sich ihr zu. Die Frau, die Sophias Mutter sein musste, umarmte Sophia kurz und trat mit einem strahlenden Lächeln auf Daniel zu. Sie hatte dunkles, von Silber durchzogenes Haar und warme braune Augen. Ihr Rock aus grünem, hauchzartem Stoff flatterte ihr um die Knöchel. Dazu trug sie eine weite weiße Bluse. Geschmiedete Silberreifen baumelten an ihren Ohren und silberne Armbänder klirrten, als sie nach seinen Händen griff und sie drückte.

„Du musst Daniel sein. Ich bin Lila Ashworth, Sophias Mutter. Bitte sag doch Lila zu mir. Es ist so schön, dass du hier in Painter bist." Ihr Blick war sanft. Daniel hatte das Gefühl, dass sie durch ihn hindurchsehen konnte.

„Vielen Dank für die Einladung."

Lila löste ihren Griff um seine Hände, als die Elster auf dem Geländer zu plappern begann. Es schien, als ob der Vogel mit ihr gesprochen hätte. Schließlich ließ sie Daniels Hände ganz los, stemmte die Hände in die Hüften und musterte die Elster. „Ach wirklich? Ich habe dir heute wirklich schon genug zugesteckt."

Daniel warf einen Blick zu Sophia, die grinste und mit den Schultern zuckte. Die Elster schnatterte wieder und pickte am Geländer. Da trat Lila zur Tür, neben der sich ein hübscher Kupfereimer mit Deckel befand. Dort griff sie hinein und holte eine Handvoll Maiskörner heraus. Damit fütterte sie die Elster, die die Körner genüsslich aus ihrer Hand pickte.

Dabei warf Lila einen Blick zu Daniel und kicherte. „Das ist meine Freundin Nina. Sie hängt schon seit ein paar Jahren bei uns im Haus herum."

Sophia bemerkte seinen Blick. „Meine Mutter versorgt jedes Tierchen, das hier auftaucht. Ich hoffe, du hast auch ausreichend Hunger mitgebracht, denn ich bin mir sicher, dass sie auch etwas für uns vorbereitet hat."

Lila streute die restlichen Maiskörner auf das Geländer und bedeutete ihnen, ihr ins Haus zu folgen. Daniel sah sich um, sobald er am Tisch am Fenster Platz genommen hatte. Die Küche war warm und einladend, mit Pflanzen in den Fenstern, dem Duft von frisch gebackenem Brot und Lilas warmer Gegenwart. Sie bereitete ein Tablett mit belegten Brötchen für die beiden vor und kochte eine frische Kanne Kaffee. Dabei wies sie Sophia ab, als diese ihre Hilfe anbot. Also nahm Sophia ihm gegenüber Platz und zuckte mit den Schultern. „Meine Mutter ist ziemlich bestimmend, wenn es um ihre Küche geht."

Er grinste. „Meine Mutter war ganz genauso." Lila verschwand in der Speisekammer, und er nutzte den Augenblick, um Sophia eine lose Haarsträhne hinters Ohr zu streichen. Er konnte sich die Gelegenheit nicht entgehen lassen, sie zu berühren. Dabei färbten sich ihre Wangen zartrosa. Sein Herz zog sich vor Rührung zusammen. Verdammt! Sophia hatte ihn in mehr als einer Hinsicht schwer beeindruckt. Er wünschte sich nicht nur körperliche Nähe zu ihr, sondern sie hatte sich auch direkt in sein Herz geschlichen und ein tiefes Bedürfnis geweckt, sich um sie zu kümmern. Im Handumdrehen war sie ein fester Bestandteil seines Lebens geworden. Seine Mutter hatte ihm schon davon berichtet, dass seine Shifterseite äußerst besitzergreifend sein würde, sobald es darum ging, eine Partnerin zu finden. Sie hatte ihm vorausgesagt, dass er, sobald er die richtige Frau gefunden hatte, ohne Zweifel wissen würde, dass sie für ihn bestimmt war. Anfangs hatte er dem nicht so recht Glauben geschenkt, aber jetzt, wo er Sophia kennengelernt hatte, war es schwer zu leugnen, was sie ihm da erzählt hatte.

Sophias Augen waren auf seine gerichtet, das Grün wurde immer dunkler.

Die Luft um sie herum fühlte sich aufgeheizt an, wie von der schieren Kraft des Bedürfnisses, das zwischen ihnen loderte. *Das ist weder die richtige Zeit noch der richtige Ort, Mann. Reiß dich mal lieber am Riemen.* Er holte tief Luft und riss seinen Blick von ihr los. Stattdessen legte er seine Hand um die Tasse Kaffee, die Lila ihm eingeschenkt hatte, und nahm einen Schluck. Nur mit Mühe gelang es ihm, die Lust zu zügeln, die durch seinen Körper galoppierte. In Bezug auf Sophia war er derart hilflos, wie er das noch nie erlebt hatte.

Lila trat aus der Speisekammer, legte Servietten auf das Tablett und trug es zum Tisch, um es dort in die Mitte abzustellen. „Hier, bitte. Bedien dich", lächelte sie Daniel freundlich zu.

Im Laufe der nächsten Stunde beantwortete Lila freundlicherweise alle Fragen, die er über seine Familie hatte. Sie vermittelte ihm nicht nur die Grundzüge seines Stammbaums, sondern erzählte auch von ihren Erinnerungen an seine Mutter, als diese noch jünger gewesen war. Als es darum ging, über seine Familie nach Davids Tod zu sprechen, verhielt sie sich freundlich und vorsichtig. „Ich bin mir nicht sicher, wie viel du darüber weißt, was passiert ist."

„Meine Mom hat mir erzählt, dass David erschossen worden ist, als er sich auf einem Spielplatz gewandelt hat", gab Daniel unverblümt zu. „Ich weiß, dass das furchtbar war, aber ich hatte genug Zeit, mich an seinen Tod zu gewöhnen. Seltsamerweise war es wahrscheinlich besser, dass ich nicht wirklich verstanden habe, was geschehen ist, bis ich älter war. Das alles wäre für mich schrecklich verwirrend gewesen. Ich war ja erst drei, als er gestorben ist."

Lila drückte schnell seine Hand. „Es war eine Tragödie. Schlicht und einfach. Die Art von Unfall, die jedem jungen Shifter passieren kann. Bis man älter ist, lernt man nur schwer, wie man das Wandeln unter

Kontrolle hält. Deine Familie war verständlicherweise am Boden zerstört. Bis heute wünsche ich mir, deine Eltern wären nicht weggezogen. Sie haben sich von allen abgeschottet, die wirklich verstehen konnten, was sie durchgemacht haben."

„Das habe ich auch gedacht, seit ich weiß, was vorgefallen ist. Aber da kann man jetzt wohl nichts mehr machen. Weißt du denn etwas über meinen Onkel?"

Lila schwieg einen langen Augenblick lang. Dann nahm sie einen Schluck Kaffee, ihre Augen blickten nachdenklich. „Nelson hat die ganze Sache nicht besonders gut weggesteckt. Aber das wäre ja für jeden schwer gewesen. Als deine Mutter nicht mehr da war und deine Großeltern sich auf ihre alte Farm zurückgezogen hatten, ist er verbittert. Früher habe ich ihn noch öfter in der Stadt gesehen. Er hat in einer der Mechanikerwerkstätten in Painter gearbeitet. Danach war er immer im Quinn's und in ein paar anderen Bars unterwegs. Er hat angefangen, heftig zu trinken und viel zu feiern. Dann, in den letzten fünf Jahren oder so, ist er irgendwie verschwunden. Ich sehe ihn nur noch ab und zu. Keine Ahnung, was er heute beruflich macht. Wenn man ihn fragt, gibt er an, dass er Gelegenheitsjobs macht, aber niemand scheint zu wissen, was das genau sein soll. Deine Großeltern waren finanziell ziemlich gut gestellt. Dein Großvater hat in der Holzfällerindustrie sein Geld verdient und vor seinem Tod einige Grundstücke verkauft. Sein Holzfällerunternehmen hat Grundstücke in ganz Colorado und in anderen Bundesstaaten besessen. Ich kenne zwar nicht die genauen Einzelheiten, aber der Anwalt, der das Testament deiner Großeltern aufgesetzt hat, hat mir versichert, dass sie das Geld für dein Erbe zurückgelegt haben, weil sie befürchtet haben, dass Nelson es verjubeln würde. Ich habe keine Ahnung, wie er über die Runden kommt.“

Jetzt hatte Daniel noch viel mehr Fragen über seinen Onkel. Lila konnte zwar viel mehr darüber sagen, wie Nelson an den Punkt gekommen war, an dem er sich jetzt befand, aber sie war genauso ratlos wie er, wenn es um Nelsons aktuelles Leben ging. „Ich habe auch keine Ahnung, was er so macht. Er hat mir nicht viel zu sagen gehabt, als ich vorbeigegangen bin, um mich vorzustellen. Er hat bloß erwähnt, dass das alte Haus meiner Großeltern nach seinem Tod an mich vererbt werden würde. Ehrlich gesagt, habe ich mich nicht besonders wohl dabei gefühlt, ihm zu viele Fragen zu stellen.“

„Ich kann mich gerne für dich umhören. Der Anwalt deiner Großeltern ist ein Freund von mir. Er würde sicher gerne erfahren, dass du hier bist. Vielleicht kann ich dich ja zu einem Treffen zu ihm mitnehmen. Hättest du Lust dazu?“

„Das wäre großartig. Vielleicht kann er mir ja all das berichten, was Nelson nicht erzählt hat.“ Daniel trank seinen Kaffee aus und setzte sich einen Augenblick. „Vielen, vielen Dank, dass du dir die Zeit genommen hast, dich mit mir über meine Familie zu unterhalten. Es ist wirklich traurig mitanzusehen, was aus Nelson geworden ist, aber ich nehme an, dass er es nach dem, was vorgefallen ist, auch nicht allzu leicht gehabt hat.“

Lila schüttelte heftig den Kopf. „Es war für niemanden in deiner Familie leicht, aber das ist noch lange keine Entschuldigung dafür, dass Nelson dich kalt abblitzen hat lassen. Wenn ich ihn besser kennen würde, würde ich ihm ganz schön die Meinung geigen.“

Daniel zuckte mit den Schultern. „Nicht nötig.

Auch wenn meine Eltern verstorben sind und ich sie sehr vermisse, hatte ich das große Glück, Eltern zu haben, die mich geliebt haben. Es wäre schön gewesen, einen Onkel oder ein anderes Familienmitglied kennenzulernen, mit dem ich in Verbindung hätte bleiben können, aber das ist schon in Ordnung. Ich bin bloß froh, dass ich durch dich von ihnen erfahren habe."

Lilas Augen funkelten, als sie lächelte. „Ich werde mal nachforschen, was ich über einige deiner Cousins und Cousinen herausfinden kann. Ich weiß, dass deine Mutter ein paar hatte, die ganz in der Nähe gewohnt haben."

Daraufhin stand Lila auf, um ihre eigene Tasse Kaffee nachzufüllen. Sie hielt die Kaffeekanne hoch und deutete mit einer Geste auf die beiden. „Noch mehr?"

Sophia schüttelte den Kopf. „Ich muss jetzt los. Daisy braucht bald ihr Abendessen."

Ein paar Minuten später sah Daniel zu, wie Sophia ihre Mutter umarmte und wurde dann von Lila selbst in eine warme Umarmung gehüllt. Schließlich drückte sie ihm ein Küsschen auf die Wange. „Schön, dich kennengelernt zu haben. Ich melde mich bei dir wegen des Treffens mit dem Anwalt, einverstanden?"

Damit scheuchte sie die beiden von der Veranda und sah ihnen nach, als sie wegfuhren. Daniel warf einen Blick auf Sophia und fragte sich, ob er wohl sein Glück herausforderte, wenn er hoffte, heute Abend wieder bei ihr verbringen zu können. In Wahrheit bereitete ihm der Gedanke, heute Abend nicht bei ihr zu sein, fast schon körperliche Schmerzen.

———

Sophia zwang sich, ihren Blick auf die kurvenreiche Straße vor sich zu richten. Ihr Körper vibrierte, sobald Daniel in der Nähe war. Seit sie das Haus ihrer Eltern verlassen hatten, war er unglaublich ruhig gewesen. Ihre Gedanken drehten sich im Kreis. Sie war überrascht, wie schnell ihr Herz sich an Daniel gebunden hatte. Sie hatte keine Sekunde daran gezweifelt, dass sie sich zu ihm hingezogen fühlte, aber sie hatte nicht erwartet, dass diese Anziehungskraft derart explosionsartig zunehmen würde und dass er die Schranken, die sie um ihr Herz errichtet hatte, so mühelos niederreißen würde. Bei Daniel fühlte sie sich, als würde sie von einer Klippe springen – so schnell und ungebremst fiel sie. Erschwerend kam hinzu, dass sie nicht wusste, wie er sie sah und ob er die gleiche tiefe Verbundenheit empfand wie sie.

In dem geschlossenen Innenraum ihres Autos konnte sie jeden seiner Atemzüge spüren. Die Luft um sie herum fühlte sich wie elektrisiert an. Die Sonne war hinter den Bergen verschwunden und hatte das fahle Licht der Dämmerung zurückgelassen. Die Schatten der Bäume fielen auf die Straße, als sie auf ihr Haus zufuhren. Daniel war zu ihr nach Hause gekommen, und von dort aus waren sie losgefahren, um ihre Mutter zu besuchen. Sie hätte nichts in der Welt lieber getan, als ihn zu bitten, zu bleiben. Wieder einmal. Doch sie befürchtete, dass sie dann als zu forsch erscheinen würde. In Gedanken ging sie die lange Liste der Gründe durch, warum für eine Beziehung in ihrem Leben derzeit überhaupt kein Platz war. Sie versuchte sich immer wieder einzureden, dass der Hauptgrund darin bestand, dass sie für ihre Familie da sein musste, aber ihr Verstand flüsterte ihr ein, dass das nicht der Fall war. *Du hast doch bloß Schiss, weil du sowas noch nie gefühlt hast. Und zwar bei niemandem. Vielleicht waren deine Gründe früher noch halbwegs nachvollziehbar, aber jetzt hast du einfach nur Angst.* Sie seufzte innerlich und versuchte aufzuhören, ihre Gedanken im Kreis zu jagen.

Daniels Stimme riss ihren meckernden Verstand aus seiner Endlosschleife. „Danke, dass du mich zu deiner Mutter mitgenommen hast."

Sie wurde langsamer und kam an einer Kreuzung zum Stehen. Als sie sich ihm zuwandte, trafen sich ihre Blicke. Das fühlte sich an, als ob eine Flamme durch die Luft zwischen ihnen geleckt und sich in einem Kreis um sie gewunden hätte. Für einen Augenblick vergaß sie, was er gesagt hatte und erkannte erst viel zu spät, dass sie ihm antworten sollte. „Oh, sicher", schaffte sie es trotz des pochenden Herzens zu sagen. Pures Verlangen durchflutete sie, als sie zu ihm hinübersah. Da näherte sich ein weiteres Auto der Kreuzung, und seine Scheinwerfer beleuchteten das Innere ihres Wagens. Sie wandte ihren Blick von Daniel ab, überquerte die Kreuzung und bog in ihre Straße ein. Einen Augenblick später parkte sie ihren Wagen in der Einfahrt. Sie wusste zwar nicht, ob das klug war, aber sie wollte auch nicht, dass Daniel wegfuhr, also schob sie ihre Zweifel in den Hintergrund.

„Möchtest du noch mit reinkommen? Daisy würde sich freuen, dich zu sehen."

Um Himmels willen, jetzt erzählst du ihm, dass dein Hund ihn gerne sehen würde. Wie wäre es, wenn du einfach zugeben würdest, dass du selbst gerne Zeit mit ihm verbringen möchtest?

Sie fing sich kurz, bevor sie erneut mit dem Kopf geschüttelt hätte. Daniel warf ihr einen Blick zu. „Ich würde Daisy auch gerne wiedersehen, aber das ist nicht der Grund, warum ich reinkommen möchte", antwortete er unverblümt.

Ein heißer Schauer durchfuhr sie und ließ sie innerlich und äußerlich erröten. „Oh. Na gut." Aufgeregt stellte sie das Auto ab und versuchte, sich abzuschnallen. Wenige Sekunden später stand sie neben ihrem Auto. Er stieg aus und lief an ihrer Seite die Treppe hinauf. Als sie die Haustür erreichten, holte sie tief Luft und wandte sich ihm zu. Wenn er so ehrlich zu ihr gewesen war, wollte sie auch ein wenig aus sich herausgehen.

„Daisy wird sich bestimmt freuen, dich zu sehen, aber ich wollte, dass du reinkommst, weil ich nicht möchte, dass du schon gehst."

Ihr Puls schlug wie wild und Schmetterlinge kribbelten in ihrem Bauch. Sie war erleichtert, dass sie einfach die Wahrheit gesagt hatte, und gleichzeitig auch ziemlich fassungslos. Seine Blicke trafen sich mit den ihren im sanften Schein der Verandalampe, seine Augen sahen dunkel und aufmerksam drein. „Gut zu wissen, dass ich damit nicht allein bin." Seine Worte klangen heiser und schwer.

Sie legte ihre Hand um seinen Nacken und zog ihn für einen kurzen Kuss zu sich herunter. Nachdem sie sich von ihm gelöst hatte, flüsterte sie gegen seine Lippen. „Das bist du nicht." Sie begegnete seinem glasigen Blick, die Verbindung zwischen ihnen vibrierte heftig. Ihr schnürte es das Herz zusammen und glühende Lava schoss durch ihre Adern.

Es kostete sie einiges an Kraft, sich abzuwenden, die Haustür aufzuschließen und das Licht einzuschalten. Daisy wartete schon auf sie und umkreiste sie sofort, bevor sie mit ihrem Kopf zur Begrüßung gegen ihre Hände stieß. Sophia begab sich sofort in die Küche und richtete Daisys Essen her. Nachdem Daisy gegessen hatte, warf Sophia einen Blick zu Daniel, der am Küchentisch saß.

„Ich bin nicht wirklich in der Stimmung zu kochen. Hättest du Lust, wieder mal was zu bestellen? Vielleicht Pizza oder was anderes?"

„Pizza wäre prima", antwortete er rundheraus.

Sie schnappte sich die Speisekarte von der Kühlschranktür und reichte sie ihm. „Such du dir was aus."

Er zuckte mit den Schultern und machte sich nicht mal die Mühe, die Speisekarte anzusehen. „Lass uns wieder diese halbe-halbe Pizza bestellen, wie beim letzten Mal."

Sophia zückte ihr Handy und gab die Bestellung auf. Als das erledigt war, wurde sie schlagartig wieder rastlos. Das Verlangen nach Daniel war so stark, dass sie es kaum unterdrücken konnte. Mittlerweile war Daisy mit dem Essen fertig geworden und rollte sich umgehend in ihrem Hundebett im Wohnzimmer zusammen.

Sophia lehnte sich an den Tresen und verschränkte die Arme, als ob sie das Verlangen, das sie durchfuhr, dadurch irgendwie im Zaum halten könnte. Daniel stand vom Tisch auf und stellte sich vor sie hin. Er stützte seine Handflächen rechts und links von ihr auf die Arbeitsplatte. Die Luft um sie herum fühlte sich aufgeladen an. Hitze breitete sich in ihr aus, als sie seinem Blick begegnete – dunkel und entschlossen, nur auf sie gerichtet. In diesem Augenblick fühlte sie sich, als wäre sie das Zentrum seines Universums. Und er der Mittelpunkt von ihrem. Der Augenblick war geprägt von dem Verlangen, das zwischen ihnen herrschte, von der Tiefe des schieren Begehrens. Da neigte er den Kopf und legte seinen Mund auf den ihren. In Sekundenschnelle explodierte ihr Kuss, ein wildes Aufeinandertreffen von Lippen und Zungen.

Er trat näher an sie heran, ließ eine Hand über ihren Rücken gleiten und zog sie an sich heran. Die Wärme seiner Handfläche jagte ihr einen elektrischen Schauer über den Rücken. Als sie nach Luft schnappte, gab er ihren Mund frei. Seine Lippen strichen über ihr Gesicht und wanderten dann ihren Hals hinunter, wo er über die empfindliche Haut leckte und knabberte. Sie spürte die Hitze seines Schafts an ihr und wölbte sich ihm entgegen. Dann schob er ein Knie zwischen ihre Oberschenkel und fuhr mit seiner Hand unter den Saum ihres T-Shirts. Die schwielige Haut seiner Handfläche strich die Kurve ihres Bauches entlang und schlug Funken auf ihrer Haut. Heißes, flüssiges Verlangen stieg in ihrem Inneren auf. Ihr Höschen wurde klatschnass, als er ihr Knie gegen sie drückte. Und mit jedem weiteren Druck seines Knies stieg die Lust in ihr hoch. Sie brauchte mehr. Und zwar jetzt.

Sie zerrte an seiner Jeans, riss die Knöpfe auf und legte ihre Hand um die pralle, harte Länge seines Schwanzes. Daraufhin stieß er zischend den Atem durch seine Zähne aus. Sie legte eine Handfläche auf seine Brust und drückte ihn schnell und entschlossen nach hinten, bevor sie ihre Hände in seine Jeans und seinen Slip einhakte und sie um seine Hüften herum nach unten schob.

„Sophia ...“ Ihr Name löste sich rau von seinen Lippen.

Sie schenkte ihm jedoch keine Beachtung und strich mit ihrer Hand an seinem Schwanz auf und ab, bevor sie mit ihrer Zunge an der Unterseite entlangfuhr. Nach einigen langen, langsamen Zungenschlägen gab er ein leises Stöhnen von sich. Nun schloss sie ihren Mund um ihn und zog ihn tief in sich hinein. Sein Schwanz pochte und pulsierte, als sie ihn in ihrem feuchten Griff liebkoste. Wieder keuchte er ihren Namen. Als sie innehielt und aufblickte, griff er nach unten und hob sie ruckartig hoch. Anschließend schob er ihre Leggings mit einer Hand nach unten und fuhr mit den Fingern an der feuchten Seide ihres Höschens entlang. Das Bedürfnis, ihn in sich zu spüren, war so groß, dass es innerlich heftig an ihr zerrte.

Hastig wich sie seiner Berührung aus, als er eine Handfläche um ihren Po legte und kräftig zudrückte. Sie klammerte sich an der Arbeitsplatte fest und stemmte ihm ihre Hüften entgegen. Dabei spürte sie, wie sein harter Schaft sie berührte, seine Haut war heiß und samtig. Eine Hand strich ihren Rücken hinauf und fuhr in ihr Haar, während die andere ihr Höschen beiseiteschob. Sie spürte, wie er herumtastete, und hörte das Reißen einer Folienverpackung, bevor er ein Kondom aufzog. Als seine Eichel sie berührte, hielt er für einen kurzen Augenblick inne. Dann versank er mit einem schnellen Stoß tief in ihr.

Sie wölbte sich zurück und genoss die herrliche Dehnung. Jetzt brauchte sie es schnell und heftig, sie brauchte ihn, um die Lust zu stillen, die sie durchflutete. Er gab ihr genau das, was sie jetzt brauchte, indem er tief in sie stieß, wieder und wieder und wieder. Dazu packte er sie an den Haaren und zog bei jedem Stoß daran. Sie bewegten sich in einem unaufhörlichen Kreislauf, der Druck in ihrem Inneren wurde immer stärker, bis er sich schließlich auflöste und scharfe Lustschauer über ihren Körper jagte. Sie schrie heiser auf, als ihr Höhepunkt sie überrollte. Auch Daniel wurde plötzlich steif und drang ein letztes Mal tief in sie ein, bevor er ein leises Knurren ausstieß und in ihr erschauderte.

Seine Hand löste sich von ihrem Haar und glitt langsam ihre Wirbelsäule entlang, seine Berührung beruhigte sie und brachte sie zurück zu sich selbst. Für einen kurzen Moment drehte sie ihren Kopf zur Seite, sodass ihre Wange auf den kühlen Kacheln ruhte. Nach einigen langen Augenblicken, in denen das einzige Geräusch das tiefe Atmen der beiden war, blitzten Scheinwerfer durch die vorderen Fenster.

„Ich schätze, das könnte unsere Pizza sein", stellte Daniel mit tiefer, schwerer Stimme fest.

Sie errötete, als sie feststellte, dass sie sich so sehr in Daniel verloren hatte, dass sie völlig vergessen hatte, dass jeden Augenblick jemand an der Tür auftauchen würde. Sie musste grinsen, als Daniel sich langsam zurückzog und seine Hand sanft ihre Hüfte drückte. Schnell entsorgte er das Kondom im Müll. Anschließend richteten sie beide ihre Kleidung. Daniel trat gerade an ihre Seite, als es an der Tür klingelte. Er berührte ihre Wange und hauchte ihr einen langanhaltenden Kuss auf die Lippen. Als er sich zurückzog, sah er ihr in die Augen. „Nur damit du es weißt, du machst mich ganz wild", flüsterte er.

Dann wandte er sich ab und lief zur Tür. Während er die Pizza bezahlte und sich freundlich mit dem Lieferanten unterhielt, stand sie wie erstarrt in der Küche, die Finger auf den Lippen, als könnte sie seine Berührung dort festhalten. Das Geräusch der sich schließenden Haustür holte sie zurück in die Gegenwart. Sie ließ ihre Hand sinken und setzte sich in Bewegung, um Teller hervorzuholen. Sie war gerade dabei, ihre Weingläser zu füllen, als er mit der Pizza in der Hand zurück in die Küche kam. Daisy schlenderte hinter ihm her und ließ sich sofort zu seinen Füßen am Tisch nieder.

Stunden später saßen sie auf der Couch und schalteten die Abendnachrichten ein. Es wurde über die Verhaftung eines weiteren Drogendealers berichtet.

Daniels Arm lag auf ihren Schultern und ihre Beine waren über seinen Schoß geworfen. Daisy lag auf seiner anderen Seite und nahm den Großteil der Couch ein, wobei ihr Kopf auf Sophias Waden ruhte. Daniel streichelte ihr leicht über die Schulter. „Kaum zu glauben, dass es hier Probleme mit Drogen gibt."

Sophia warf ihm einen flüchtigen Seitenblick zu. Einen Augenblick lang überlegte sie, ob sie ihm von dem Schmuggelskandal in Painter und von der Gefahr, dass die Shifter nach Jahrhunderten der Geheimhaltung nun auffliegen könnten, erzählen sollte. Die Shiftercommunity war in heller Aufregung, weil sie befürchteten, dass sie in ein schlechtes Licht gerückt würden, wenn herauskäme, dass und wie Shifter schmuggelten. Ihr war nicht ganz geheuer, wie gut Daniel sie lesen konnte. Mit einem kurzen Blick erkannte sie, dass er ihre Besorgnis wahrnahm. Da holte sie tief Luft und stieß sie wieder aus.

„Probleme mit Drogen gibt es überall, aber in Painter ist das Problem noch ein wenig komplizierter. Bevor du es woanders hörst, kannst es auch gleich von mir erfahren. Ich werde versuchen, es kurz zu halten. Vor ein paar Jahren hat es Gerüchte gegeben, dass einige Shifter gegen Geld Drogen schmuggeln würden. Eigentlich eine hervorragende Tarnung. Berglöwen sind dafür bekannt, sich zu verstecken und sich nicht sehen zu lassen. Ein Shifter kann also ein riesiges Gebiet abdecken, ohne dass irgendjemand auch nur einen Gedanken daran verschwenden würde, der Sache nachzugehen. Irgendwann ist das ganze Komplott allerdings aufgeflogen und wir haben Gerüchte über Schmuggel bis nach Montana und sogar Maine gehört. Catamount ist die Heimat der ursprünglichen Shiftercommunity. Die dortigen Anführer sind ausgeschaltet und die Szene so gut wie stillgelegt worden. Auch in ein paar anderen Gegenden hat man alles getan, um die Sache in den Griff zu bekommen, aber hier hatten wir nicht viel Glück. Es sind nur ein paar kleine Fische geschnappt worden, aber das Netzwerk taucht immer wieder auf. Wer auch immer hier die Strippen zieht, hat Geld und Zeit, um es weiter zu finanzieren und weitere Shifter anzuwerben. Die ganze Sache macht mich völlig fertig. Eigentlich hasse ich es, darüber zu reden, denn es ist eine Ehre, Shifter zu sein, und damit ist auch große Verantwortung verbunden. Diese Typen bringen Schande über uns alle und setzen uns einer Gefahr aus. Falls bekannt wird, dass es Shifter wirklich gibt, könnte das unser gesamtes Leben aus den Angeln heben."

Daniels Augen weiteten sich, als sie ihm das alles erzählte. Nachdem sie geendet hatte, saß er einige Augenblicke lang bloß regungslos da. Er seufzte und fuhr sich mit einer Hand durch die Haare. „Nun, verdammt. Das ist ja eine ziemliche Sauerei", erklärte er unverblümt.

Ein Anflug von Zorn machte sich in ihrer Brust breit, als sie an das Unglück dachte, das eine Begegnung mit den Drogen, die durch Painter geschleust wurden, bei ihrem Bruder verursacht hatte. Natürlich wusste sie genau, dass Heath die volle Verantwortung für seine Entscheidung zu tragen hatte, seiner Schmerzmittelsucht mit rechtswidrigen Methoden zu begegnen. Aber sie war auch stinksauer. Sauer auf die Launen des Schicksals, die zu dem Autounfall geführt hatten, der Heath so große Schmerzen bereitet hatte, sauer auf die Ärzte, die nicht dafür gesorgt hatten, dass er die nötige Unterstützung bekommen hatte, als sie die Schmerzmittel abgesetzt hatten, und sauer auf den leichten Zugang zu Drogen in Painter dank der Shifter, die sie hierhergebracht hatten.

Daniels Augen verengten sich vor Sorge. Dann neigte er seinen Kopf zur Seite. „Hast du noch was anderes auf dem Herzen?"

Sie seufzte. „Das ist ein heikles Thema, wegen dem, was mit meinem Bruder passiert ist."

Daniels Daumen strich in einem langsamen Kreis über ihre Schulter. Dann wartete er leise, dass sie wieder das Wort ergriff. Sie holte tief Luft und fasste schnell die Ereignisse zusammen, die zu Heaths Verhaftung geführt hatten, weil er versucht hatte, Heroin zu kaufen. „Ich meine, wir haben doch keine Ahnung gehabt, wie süchtig diese verdammten Schmerzmittel machen. Die Ärzte haben gemeint, sie würden die Dosis langsam verringern, um ihn zu entwöhnen, aber das hat nicht ausgereicht. Er hat schreckliche Entzugserscheinungen gehabt. Die waren echt schlimm. Ich behaupte ja nicht, dass die Art und Weise, wie er damit umgegangen ist, besonders schlau war. Das war bescheuert. Total bescheuert. Das einzig Gute daran ist, dass er die Hilfe bekommen hat, die er gebraucht hat. Heute befindet er sich wieder auf dem Weg der Besserung. Aber die ganze Sache macht mich krank. Ich glaube nicht, dass er jemals diesen Weg eingeschlagen hätte, wenn das nicht so verdammt einfach gewesen wäre."

Sie hatte den Blick abgewandt und blickte unverwandt auf den Fernseher, während sie Heaths Geschichte erzählte. Als Daniels Stimme ertönte, wandte sie sich ihm zu und sein Gesicht zeichnete sich scharf vor ihm ab – die kräftigen Züge, die dunklen Augenbrauen und die marineblauen Augen, die sie mit Wärme und Verständnis musterten. „Er hat ein hartes Jahr hinter sich. Wie deine ganze Familie. Da wäre ich auch supersauer."

Da löste sich der Ärger in ihrer Brust etwas. Sie

zuckte mit den Schultern und versuchte zu lächeln, aber das gelang ihr nicht ganz. Daniel strich ihr mit einer Hand durchs Haar. „Du musst doch bei mir nichts beschönigen."

Sie schüttelte den Kopf. „Nein, das ist es nicht. Es war einfach ein langes, beschissenes Jahr." Dann atmete sie ein uns langsam wieder aus. „Vivi und ich haben uns ein bisschen umgehört. Wir glauben, wir haben eine Hütte gefunden, in der sich die Schmuggler treffen."

Seine Hand blieb in ihrem Haar ruhen. Als sie ihn ansah, waren seine Gesichtszüge angespannt. Sie spürte, dass er besorgt war und sich zurückhielt. „Nur zu. Jetzt sagst du mir wahrscheinlich, dass ich vorsichtig sein und mich zurückhalten soll. Aber das ist gar nicht nötig. Heath hat mir das bereits eingebläut."

„Tatsächlich? Was hat er denn gesagt?"

„Er hat mir aufgetragen, mich da rauszuhalten. Ich mache schon keine Dummheiten, aber die Polizei kommt einfach nicht weiter, also können wir genauso gut versuchen, irgendwas herauszufinden. Vivi ist auch eine Shifterin, also können wir uns ganz gut zur Wehr setzen. Wir tun nichts weiter als auskundschaften. Und alle guten Hinweise geben wir dann an die Polizei weiter."

Daniel lehnte seinen Kopf zurück auf die Couch. „Mir gefällt das alles nicht. Ich weiß, dass wir uns noch nicht so lange kennen, aber du bedeutest mir viel. Sehr viel. Und ich möchte nicht, dass dir etwas zustößt."

Ihr Herz schlug ihr bis zum Hals, weil seine Worte so beschützend klangen. Jeder Augenblick mit ihm brachte sie näher an ihn heran, so nah, dass sie sich irgendwann nichts anderes mehr vorstellen konnte, als mit ihm zusammen zu sein. Da drehte er seinen Kopf zur Seite und strich ihr wieder mit der Hand durch ihr Haar. „Versprich mir, dass du vorsichtig bist.“

„Immer. Du könntest uns ja auch begleiten, oder?“

Er überlegte einen Augenblick, bevor sich langsam ein Lächeln auf seinem Gesicht ausbreitete. „Vielleicht tue ich das ja wirklich.“

KAPITEL ELF

Sophia nahm gerade einen Bissen von ihrem Burger, als Vivi sich dem Tisch näherte, an dem sie mit Daniel saß. Nach mehreren Abenden, an denen sie nicht ausgegangen waren, hatten sie sich für ein Abendessen im Quinn's entschieden. Wie immer war im Quinn's Hochbetrieb. Die Tische waren voll besetzt und eine einheimische Band bereitete sich darauf vor, später am Abend zu spielen.

Vivi zog einen Stuhl heran und ließ sich mit einem Grinsen darauf nieder. „Wurde ja auch Zeit, dass ihr mal irgendwo in der Stadt auftaucht!"

Sophia nahm einen Schluck Wasser. „Ich bin doch jeden Tag in der Stadt im Mile High. Du weißt schon, der Coffee Shop, der mir gehört?"

Das brachte ihr ein Augenrollen von Vivi ein. „Das zählt doch nicht. Du hast dich mit deinem neuen Loverboy hier zu Hause verkrochen", stellte sie fest und deutete mit einem verschmitzten Grinsen auf Daniel.

Sophia errötete schlagartig. Es war ja nicht so, dass sie irgendetwas über sich und Daniel verheimlichte, aber sie war es einfach nicht gewohnt, mit jemandem zusammen zu sein. Ganz zu schweigen davon, dass er sie die ganze Zeit so erregt hatte, dass sie kaum noch klar denken hatte können. Sie nahm noch einen Bissen von ihrem Burger, um etwas Zeit zu gewinnen. Inzwischen richtete Vivi ihre Aufmerksamkeit auf Daniel.

„Du hast mir meine beste Freundin ausgespannt, also solltest du es besser wert sein."

Daniel verschluckte sich an seinem Bissen. Vivi klopfte ihm freundschaftlich auf den Rücken und brachte ihn damit zum Lachen. Er zuckte reumütig mit den Schultern. „Ich habe sie dir doch gar nicht ausgespannt, wie du behauptest. Ich verbringe bloß gerne Zeit mit ihr. Und zwar sehr."

Daraufhin weiteten sich Vivis Augen. Ihr Blick hüpfte zwischen den beiden hin und her. „Na dann. Wenn du sie so verehrst, wie sie verehrt werden sollte, dann ist das in Ordnung. Aber solltest du ihr auch nur ein Haar krümmen oder ihr auch nur im Geringsten wehtun, mache ich dir das Leben zur Hölle." Sie stupste ihn mit dem Finger an und ließ dann ihre Hand sinken. „Du scheinst aber ein guter Kerl zu sein und sie mag dich wirklich, also bin ich mir sicher, dass wir das schon schaffen werden", schloss sie liebevoll.

Daniel sah von Vivi zu Sophia, als wüsste er nicht, was er antworten sollte.

„Sie bellt eher, als dass sie beißt", erklärte Sophia.

„Na gut", stimmte er vorsichtig zu.

Daraufhin brach Vivi in Gelächter aus. „Ich kann nicht anders. Ich muss doch dafür sorgen, dass du weißt, wie die Sache läuft, aber kein Grund zur Sorge. Ich sehe doch, wie du sie immer anschaust."

Daniel störte sich nicht an ihrer Bemerkung und zuckte mit den Schultern, während seine Augen besitzergreifend auf Sophia verweilten.

„Also gut, genug davon. Wie wäre es, wenn wir morgen eine kleine Wanderung unternehmen?", fragte Vivi und wandte sich Sophia zu.

Eine Wanderung unternehmen bedeutete, weit genug in den Wald zu gehen, um sich zu wandeln und anschließend auf Erkundungstour zu gehen. Sophia hatte Vivi von ihrem Gespräch mit Daniel neulich Abend erzählt. Sie drehte sich zu ihm um und dann wieder zu Vivi. „Klingt gut. Daniel möchte sich uns vielleicht anschließen. Irgendwelche Neuigkeiten?"

Vivi zuckte mit den Schultern. „Vielleicht. Ich habe da ein paar Ideen. Ich berichte euch morgen auf der Fahrt davon. Einverstanden?"

Nachdem Sophia genickt hatte, lief die Unterhaltung weiter. Vivi saß immer noch bei den beiden, als Heath das Restaurant betrat. Sobald er sie erblickte, steuerte er direkt auf ihren Tisch zu. „Na, hallo! Ich hatte gehofft, euch hier zu finden." Er beugte sich vor und umarmte Sophia kurz, bevor er sich an Vivi wandte.

Vivi sprang auf und schlang ihre Arme um ihn. „Keine halbherzige Umarmung für mich. Du warst schon viel zu lange weg."

Heath gluckste, als sie sich von ihm löste und sich wieder hinsetzte. „Was dagegen, wenn ich mich zu euch setze?", fragte er und sah Sophia dabei in die Augen.

„Nein, ganz im Gegenteil." Sie deutete auf Daniel. „Das ist Daniel. Daniel, das ist Heath. Er ist mein einziger Bruder", erklärte sie und deutete auf Heath, als dieser sich setzte.

Daniel und Heath schüttelten sich die Hände. Sophia genoss die darauffolgenden Minuten. Für sie war es ein großes Geschenk, dass ihr Bruder zu Hause war und wieder so gesund und kräftig aussah. Sie hatte sich gewünscht, dass er Daniel kennenlernen würde, und dieses zufällige Treffen erleichterte ihr die Vorstellung. Heath war ein ganz normaler älterer Bruder mit dem gewissen Etwas eines Shifters. Er konnte übermäßig besorgt sein, wenn er merkte, dass mit einem Kerl, der sich für sie interessierte, etwas nicht stimmte. Da sie bislang noch keine ernsthafte Beziehung eingegangen war, hatte sie sich Gedanken darüber gemacht, wie er wohl auf Daniel reagieren würde. Sie wusste, dass sie nicht verbergen konnte, wie viel Daniel ihr bedeutete. Aber mit Vivi als eine Art Puffer kamen sie schnell ins Gespräch.

Später verließen Sophia und Daniel das Quinn's. Daniel legte seinen Arm über ihre Schulter, während sie nach draußen traten. Die Luft war kühl, wie das an Sommerabenden in den Bergen meistens der Fall ist. Als sie fröstelte, zog er sie näher an sich heran, und sie genoss die Wärme, die von ihm ausging. An seinem Auto angekommen, hielt er ihr die Tür auf. Nachdem er den Wagen umrundet und angelassen hatte, blickte er sie erwartungsvoll an.

„Ich hoffe, es ist in Ordnung, wenn ich heute Nacht bei dir bleibe."

Als ob sie irgendetwas anderes in Erwägung gezogen hätte. Sie nickte und musste daran denken, dass sie noch nicht wirklich viel darüber gesprochen hatten, was sich zwischen ihnen entwickelt hatte. In kürzester Zeit war Daniel tief in ihr Herz und ihren Körper eingedrungen. Sie konnte sich ein Leben ohne ihn gar nicht mehr vorstellen. Sie hatte immer wieder gehört, dass es so sein würde, wenn sie ihrem Gefährten begegnete, aber ihr war nicht wirklich bewusst gewesen, wie viel Macht diese Verbindung über sie ausüben würde. Diese Macht war so stark, dass ein Teil von ihr sich am liebsten dagegen gewehrt hätte, während ein anderer Teil von ihr sich ihr einfach hingeben wollte.

Er musterte sie und wartete ab. Da räusperte sie sich. „Wir, äh, haben noch nicht wirklich über uns gesprochen.“

„Nein, haben wir nicht.“ Seine Worte verhallten leise in der Stille seines Autos. „Müssen wir das denn?“

Sie grübelte über seine Frage nach. „Keine Ahnung. Ich weiß ja nicht, wie du dich fühlst ...“

Seine Worte überschnitten sich mit ihren. „Ich möchte einfach nur dich. Und zwar jetzt und für immer.“

Da schlug ihr Herz höher. Es war, als hätte er ein Fenster zu ihrem Herzen aufgestoßen und Licht und frische Luft strömten herein. Ihr Körper fing an zu brummen, wie immer, wenn er in der Nähe war.

Obwohl sie nichts sagen konnte, musste ihr Gesichtsausdruck ihm gezeigt haben, wie sie sich fühlte, denn er beugte sich vor und fuhr mit dem Handrücken an ihrem Kinn entlang, bevor er über ihre Lippen strich. Seine Berührung jagte ihr eine Gänsehaut über den Rücken. Dann erwischte er ihre Lippen in einem heftigen, schnellen Kuss, bevor er sich ebenso schnell wieder zurückzog. Ohne ein Wort zu sagen, startete er das Auto und fuhr zu ihr nach Hause.

***

Am nächsten Nachmittag wanderten sie und Vivi mit Daniel in den Wald. Sie hatte sich noch nie in seiner Gegenwart gewandelt und war sich nicht ganz sicher, wie sich das anfühlen würde. In gewisser Weise war sie erleichtert, dass Vivi bei ihnen war. Das würde jede Unbehaglichkeit zerstreuen. Sie zweifelte nicht an ihren Gefühlen für Daniel oder an seinen für sie, aber es war alles so viel und so heftig. Als sie den Bach erreichten, an dem sie sich normalerweise wandelten, blickte Vivi zwischen ihnen hin und her, wobei ihr Blick an Daniel hängenblieb.

„Wir wollen uns bloß umsehen. Dazu gehen wir dorthin, wo wir die Shifter das letzte Mal gesehen haben, und versuchen, ein bisschen näher heranzukommen."

Daniel nickte. „Geht ihr voran."

In Windeseile wandelten sie sich. Vivi hüpfte voraus. Sophia hielt einen Augenblick inne und sah sich Daniel an. In Löwengestalt war er stark, schlank und muskulös, genau wie als Mensch. Er behauptete sich stolz. War nicht durch Erwartungen belastet. Er war einfach ... ein Prachtexemplar einer Raubkatze. Sein Fell war eher dunkel, mit goldenen Spitzen und einem Hauch von Braun. Er sah ihr in die Augen und wedelte kurz mit dem Schwanz, bevor er sich streckte und Vivi hinterhersprang. Sophia folgte ihm schnell und schlängelte sich zwischen den Bäumen hindurch, um ihn einzuholen.

Sie liefen leise durch den Wald und machten sich auf den Weg in die Berge. Vivi hielt kurz vor dem Waldrand an, bevor sie die Klippe erreichten, von der aus sie das Tal überblicken konnten, in dem sich die Hütte befand. Sophia witterte Berglöwen und Menschen in der Ferne, was wiederum ein deutlicher Hinweis darauf war, dass Shifter in der Nähe waren. Die drei Katzen liefen fast schweigend zum Rand der Bäume. Vivi stieß ihren Kopf nach vorne und gab Sophia und Daniel das Zeichen, sich im Schutz eines der Felsen auf der Klippe aufzustellen, während sie sich zu einem anderen Felsen begab, von dem aus sie einen anderen Blickwinkel auf das kleine Tal hatte.

Als Sophia vorsichtig um die Ecke des Felsblocks

blickte, kam die alte Hütte in Sicht. Daniel konnte durch seine stattliche Größe über den Felsen hinwegsehen. Sein Anblick in Löwengestalt raubte ihr den Atem. Widerwillig riss sie ihren Blick von ihm los und schaute über das Tal hinaus. Der Waldboden vor der Hütte war mit Spuren übersät. Während sie die Hütte im Auge behielten, trat ein Mann heraus und lehnte sich gegen einen Zaun vor der Hütte. Sie spürte, wie Daniel sich versteifte, aber sie traute sich nicht, sich zu bewegen, also hielt sie still. Einen langen Augenblick später tauchten zwei Berglöwen auf der anderen Seite des Tals auf und begannen, über das offene Feld neben der Hütte zu laufen. Plötzlich blieb eine der Raubkatzen stehen und hob ihre Nase in die Luft. Sophia neigte ihren Blick zu Vivi, die unmerklich den Kopf schüttelte.

Nach einem langsamen Blick durch das Tal setzte sich der Löwe, der innegehalten hatte, wieder in Bewegung. Die Tiere folgten dem Mann in die Hütte. Nach einigen angespannten Augenblicken schwenkte Sophia den Kopf und zog sich in die Bäume zurück. Vivi folgte ihr, doch Daniel blieb noch einen langen Augenblick stehen und ließ seinen Blick über das Tal schweifen. Sie und Vivi warteten schweigend auf ihn. Schließlich wandte er sich um und schlenderte zurück in den Wald. Die Kraft und Macht, die von ihm ausgingen, waren gewaltig.

Plötzlich wehte der Geruch eines anderen Löwen durch die Luft. Sophia und Vivi sahen einander an. Wer auch immer dieser Löwe war, er kam immer näher an sie heran und war auf jeden Fall männlich. Daniel hob den Kopf und drehte sich langsam um. In Löwengestalt war er, genau wie in Menschengestalt, größer als der Durchschnittsmann und hatte kräftige Muskeln. Sie bezweifelte nicht, dass er sich in einem

Kampf behaupten konnte, aber sie wollte nicht, dass er zu einer Auseinandersetzung gezwungen wurde. Das Problem war allerdings, dass, wenn sie den anderen Löwen riechen konnten, dieser sie auch riechen konnte und wahrscheinlich jeden Augenblick über sie herfallen würde, wenn er sich bedroht fühlte.

Sophia hoffte, dass sie zahlenmäßig im Vorteil waren. Innerhalb von Sekunden kam der Löwe am Waldrand in Sicht. Sie war sich nicht sicher, wer es war. Shifter konnten sich gegenseitig erkennen, wenn sie einander bereits begegnet waren. Die Shiftergemeinschaft in Painter war eng miteinander verflochten, aber sie kannte nicht jeden Shifter persönlich. Im Laufe der Jahre war außerdem die Population der Shifter angewachsen. Der Löwe verharrte einen angespannten Augenblick, bevor er mit einem Brüllen auf Daniel zustürmte. Daniel verharrte an seinem Platz und packte den anderen Löwen mit seinen Zähnen am Hals, als dieser versuchte, ihn anzugreifen. Fauchen und Knurren hallte durch die Bäume. Daniel überwältigte den anderen Löwen schnell und souverän, obwohl sich der Löwe nicht kampflos geschlagen geben wollte.

Gerade als Sophia annahm, dass es sich vielleicht wirklich nur um einen Berglöwen handeln könnte, tauchte ein weiterer am Waldrand auf und kam direkt auf sie und Vivi zu. In Windeseile war der Löwe über sie hergefallen. Sie und Vivi waren damit aufgewachsen, miteinander und mit anderen Katzen zu raufen, deshalb waren sie es gewohnt, sich in einem Kampf gemeinsam zu behaupten. Mit Leichtigkeit stießen sie den anderen Kater zu Boden. Doch der war schnell und sprang mit Gebrüll wieder auf.

Sie liebte die Kraft, die sie in einem Kampf durchströmte. Das Adrenalin schoss in Wellen durch sie hindurch, als sie nach dem Löwen schnappte und seine Halskrause mit ihren Zähnen erwischte. In wenigen Minuten hatten sie das Tier überwältigt. Sie schmeckte das Eisen seines Blutes in ihrem Mund. Mit ihrer mächtigen Pranke hielt Vivi den Löwen in Schach. Da stupste sie Sophias Schulter an. Sophia folgte Vivis Blick und stellte fest, dass Daniel den anderen Kater festgenagelt hatte.

Um sie herum dampfte die feuchte Waldluft von den gewaltigen Anstrengungen der Löwen im Kampf. Plötzlich wandelte sich der Löwe unter ihnen. Es war ein Mann, den sie nicht erkannte. In den folgenden Augenblicken wandelte sich auch der andere Löwe. Zwei fremde Shifter standen zwischen ihnen, zerschunden und zerschrammt. Auf dem Weg aus dem Wald heraus schwiegen sie und machten mürrische Gesichter.

———

Stunden später, nach einer langen Wanderung zurück in Menschengestalt, hielten sie vor der Polizeistation. Sophia wusste, dass einige der Polizisten Shifter waren, also hatten sie angerufen und vereinbart, dass einer sie in Empfang nehmen würde.

Roger Shaw empfing sie an der Tür und begleitete sie schnell ins Innere. Ein anderer Beamter, Brad Hall, führte die beiden Shifter durch den Warteraum in den hinteren Bereich. Nachdem Sophia Daniel vorgestellt hatte, lehnte sich Roger an seinem Schreibtisch zurück. „Klingt, als wärst du mit Vivi über denselben Ort gestolpert, den wir auch schon im Auge behalten haben."

Vivi verschränkte die Arme und funkelte Roger an. „Wenn ihr uns auf dem Laufenden gehalten hättet, hätten wir vielleicht nicht das Bedürfnis gehabt, uns die Sache selbst anzusehen."

Roger fuhr sich mit der Hand durch sein dunkles Haar und schmunzelte. Sie waren mit Roger aufgewachsen. Er war ein alter Freund der Familie und so zuverlässig wie sie selbst. Seine braunen Augen musterten Sophia. „Weiß Heath denn, dass ihr euch die Sache selbst angesehen habt?"

„Er ist nicht gerade begeistert davon." Sie fühlte sich angegriffen und war gleichzeitig aufgebracht. „Hör zu, Heath hat die Hölle durchgemacht und ich bin stinksauer darüber, was diese Typen Painter angetan haben. Keiner weiß mehr, wem er trauen kann, und ich habe das Gefühl, dass wir keinen Schritt vorankommen. Wir müssen unbedingt herausfinden, wer da alles mit drinsteckt und die Sache beenden!"

Roger seufzte. „Tut mir leid. Ich kann ja gut verstehen, warum ihr das tut, aber vertrau mir, wenn ich dir versichere, dass wir an der Sache arbeiten. Dass ihr diese Jungs gefunden habt, wird uns sicher weiterhelfen. Ich vermute, dass sie uns schon einmal gewittert haben, als wir da draußen unterwegs gewesen sind, aber sie haben genug Grips, um uns aus dem Weg zu gehen. Wahrscheinlich haben sie sich entschieden, es mit euch aufzunehmen, weil sie gedacht haben, ihr wärt ihnen nicht gewachsen. Sie haben offensichtlich keine Ahnung gehabt, dass du und Vivi es mit den Besten von uns aufnehmen könnt."

Dann begegnete er Daniels Blick. „Hat mich übrigens gefreut, dich kennenzulernen. Ich bin froh, dass du da warst."

Daniel nickte. „Ich hatte noch nicht die Gelegenheit, das zu erwähnen, aber ich vermute, ich kenne den Kerl, den wir da gesehen haben."

Rogers Augen verengten sich, während Sophia und Vivi sich zu ihm drehten.

„Warum hast du nichts gesagt?", fragte Vivi ungehalten.

Daniel zeigte sich unbeeindruckt. „Weil die beiden Typen den ganzen Rückweg über bei uns waren und ich sie nicht warnen wollte. Es macht mich krank, das zu sagen, aber ich vermute, mein Onkel steckt da mit drin."

„Nelson Weaver?", fragte Roger.

„Ja. Wir haben ihn zwar nicht besonders gut gesehen, aber ich bin mir ziemlich sicher. Ich habe ihn nur einmal getroffen, seit ich in Painter bin, aber es würde mich nicht überraschen, wenn ich herausfinden würde, dass er etwas damit zu tun hat. Mein Gefühl sagt mir, dass er nichts Gutes im Schilde führt. Außerdem habe ich keinen Schimmer, was er beruflich macht." Er musterte Sophia. „Sophias Mutter hat mir erzählt, dass meine Großeltern ihr Erbe fest verplant haben, also kann er nicht davon leben. Das Haus ist größtenteils unbenutzt und er ist verdammt verschlossen, was er macht, um über die Runden zu kommen."

„Du glaubst wirklich, dass der Mann dein Onkel war?", fragte Sophia und griff nach Daniels Hand.

Er drückte ihre Hand und nickte. „Ich denke schon." Dann holte er tief Luft und drehte sich wieder zu Roger um.

Roger nickte nachdenklich. „Nelson steht auf unserer Liste von möglichen Verdächtigen, seit dieser Schmugglerring gegründet worden ist. Er hat jahrelang das Gesetz umgangen. Meistens sind es Kleinigkeiten, aber er ist immer auf der Suche nach dem schnellen Geld und einem einfachen Ausweg."

Daraufhin befragte Roger Daniel zu allem, was er auf dem alten Grundstück seiner Großeltern gesehen haben könnte. Als sie gingen, war es bereits dunkel. Sophia war total geschafft. Sie setzten Vivi ab und kehrten zu ihrem Haus zurück. An der Tür wurden sie von Daisy freudig begrüßt. Schnell fütterte sie Daisy und wandte sich an Daniel. „Ich bin am Verhungern, aber zuerst brauche ich eine Dusche."

Ohne ein Wort zu sagen, schloss Daniel seine Handfläche um ihre Hand und führte sie durch das Wohnzimmer, in ihr Schlafzimmer und dann ins Bad.

KAPITEL ZWÖLF

Dampf lag in der Luft und das Licht schimmerte durch den sanften Nebel. Sophia stand in der Dusche und spülte sich die Seife aus den Haaren. Sie hatte mehrere Kratzer auf dem Rücken und den Schultern, einer davon schmerzhaft und rot. Durch den Kampf im Wald waren Daniels Gefühle für sie deutlich geworden. Sie so ungestüm und erbittert kämpfen zu sehen, hatte ihn tief beeindruckt. Da erinnerte er sich wieder daran, wie seine Mutter ihm beschrieben hatte, wie er sich fühlen würde, sobald er seine Gefährtin traf. Sie hatte immer wieder erwähnt, dass das für einen Menschen kaum nachvollziehbar wäre, weil es so ursprünglich sei. Nun hatte ihn Sophia in ihrer Löwengestalt aber dermaßen angezogen, dass er nur noch daran denken konnte, sie einzufordern.

Er strich ihr mit der Hand über die Schultern und über den Rücken, und zeichnete vorsichtig den tiefen Kratzer nach. Da wandte sie sich ihm zu und fuhr sich mit den Händen über die Haare, während das Wasser sie umspülte. Sein Körper spannte sich vor Sehnsucht an. Lust schoss durch ihn hindurch, ein heißes Dröhnen. Ihre Hände landeten auf seinen Schultern und strichen seine Arme hinunter. Schnell verschloss er ihre Lippen mit den seinen. Dann griff er mit einer Hand unter ihren Oberschenkel und hob ihn an. Er strich mit einem Finger durch ihre Spalte und fand sie erwartungsvoll und einladend. Sie flüsterte gegen seine Lippen. „Ich nehme die Pille … nur damit du es weißt."

Er zog sich ein Stück zurück und schlug die Augen auf. „Bist du …?"

„Ich bin mir ganz sicher."

Das ließ er sich nicht zweimal sagen und setzte seine Länge an ihren Eingang. Er umschloss ihre Wange und hielt ihren Blick fest, während er in sie eindrang. Ihr Atem ging in ein leises Stöhnen über. Dann eroberte er sie mit schnellen Bewegungen. Ihre Vereinigung verlief schnell und heftig. Innerhalb von Augenblicken pochte sie um ihn herum, ihr Körper wölbte sich und bebte, als sie aufschrie. Sein Orgasmus durchfuhr ihn so explosionsartig, dass er sich mit einer Hand an der Duschwand abstützen musste, um nicht hinzufallen.

Einige Zeit später lagen sie auf der Couch, während Daisy sich zu ihren Füßen auf dem Boden ausstreckte. Da sie zu müde zum Kochen waren, hatten sie sich bei Quinn's etwas bestellt. Sophia hatte einen Teller auf ihrem Schoß und knabberte an ihren Süßkartoffelpommes, als sie einen Blick auf ihn warf. „Du scheinst ja wegen deines Onkels nicht allzu niedergeschlagen zu sein."

Er zuckte mit den Schultern. „Ich freue mich natürlich nicht gerade darüber, aber es hat mich auch nicht überrascht. Es fällt mir nur schwer, das Ganze zu begreifen. Natürlich hatte ich gehofft, hierher zu kommen und eine Familie zu finden, und dass sich alles zum Guten wenden würde. Aber Nelson ist kein besonders glücklicher Mensch. Auch wenn er nicht in den Drogenschmuggel verwickelt sein sollte, war es ziemlich offensichtlich, dass er und ich keine gute Beziehung zueinander haben würden. Ich kann nicht hundertprozentig sagen, dass er das gewesen ist, aber ich bin mir ziemlich sicher. Wir werden ja sehen, was passiert. Ich bin jedenfalls verdammt erleichtert, dass du endlich mit der Polizei darüber gesprochen hast, was du und Vivi gesehen habt."

Sophia seufzte. „Wir haben immer gesagt, dass wir das tun würden, sobald wir etwas Brauchbares in der Hand haben."

„Zwei Shifter, die euch angreifen, sind euer Maßstab für etwas Brauchbares?"

Sie verdrehte die Augen. „Wie auch immer." Dann ernüchterte ihre Miene. „Es tut mir leid, dass du den ganzen Weg hierhergekommen bist und einen Onkel vorgefunden hast, der nicht gerade für dich da ist."

Er sah sie an, ihr dunkles Haar, das ihr locker über die Schultern fiel, ihre wunderschönen grünen Augen, die Wölbung ihrer Augenbrauen und die sanfte Krümmung ihrer Wangenknochen. Mit einer Hand strich er ihr eine lose Haarsträhne aus der Stirn. „Ich habe doch dich gefunden", flüsterte er und ihm wurde vor Rührung ganz eng in der Brust.

Daraufhin legte sie ihre Hand um seine und drückte sie.

Dieser Augenblick wurde jäh unterbrochen, als Daisy sich aufsetzte und mit ihrer Nase auf die Couch zwischen ihnen stupste. Sophia lachte leise und befreite ihre Hand, um Daisys Kopf zu streicheln. Er räusperte sich. „Trotz allem, was mit meinem Bruder passiert ist, solltest du wissen, dass ich eine glückliche Kindheit verbracht habe. Meine Eltern haben mich geliebt. Vielleicht war alles ein wenig durcheinander, weil sie nach Davids Tod so viel Angst gehabt haben, aber ich bin nicht hierhergekommen, um etwas zu suchen, das ich nie hatte. Ich hatte liebevolle Eltern, die unter schwierigen Umständen ihr Bestes gegeben haben. Ich bin vor allem hierhergekommen, um die Shifterseite an mir kennenzulernen. Meine Mutter hat Painter geliebt und vermisst, also wollte ich unbedingt den Ort sehen, den sie so sehr geliebt hat. Mach dir keine Gedanken um mich wegen Nelson. Wenn er was damit zu tun hat, ist es mir am liebsten, wenn er zur Rechenschaft gezogen wird."

Sophia streichelte immer noch über Daisys Kopf und lächelte sanft. „Gut." Dann schnappte sie sich eine weitere Süßkartoffelpommes und knabberte daran, bevor sie nach der Fernbedienung griff und den Fernseher einschaltete.

———

Sophia saß auf Vivis Veranda mit Jax, der sich um ihre Knöchel geschlungen hatte und so laut schnurrte, dass er sie praktisch zum Vibrieren brachte. Vivi war dabei, Juliannas Haare zu flechten. Sie befestigte gerade ein Gummiband am Ende des einen Zopfes und begann dann auf der anderen Seite.

„Es ist doch offensichtlich, dass du Daniel total verfallen bist und er sabbert geradezu, wenn er dich bloß ansieht. Was nun?", fragte Vivi.

Sophia beobachtete, wie Vivis Hände Juliannas dunkles Haar zu einem ordentlichen Zopf flochten. Dann blickte sie zu Vivi auf, die sie aufmerksam musterte. Das war eine berechtigte Frage, aber sie kannte die Antwort nicht. Also zuckte sie mit den Schultern. „Ich bin mir nicht sicher." *Sei doch nicht so albern. Du bist dir sicher. Und du weißt genau, was er dir bedeutet. Das mag ja sein, und das ist auch schon das halbe Problem.* Sie war sich nicht sicher, ob sie bereit war, Daniel zu einem festen Bestandteil ihres Lebens zu machen.

Wie immer nahm Vivi kein Blatt vor den Mund. „Soph, entweder stellst du dich einfach nur blöd oder du bist dabei, den Mann, der eindeutig zu dir gehören soll, davonlaufen zu lassen, weil du zu stolz bist, zuzugeben, was jedem klar ist, der euch beide zusammen sieht."

Das Schnappen eines Gummibandes, das Juliannas anderen Zopf umschloss, unterstrich Vivis Worte. Sie hob Juliannas zwei Zöpfe hoch in die Luft und ließ sie fallen. „So, fertig!" Julianna wirbelte herum und verpasste ihrer Mutter einen lautstarken Schmatzer auf die Wange, bevor sie die Treppe hinunter in den Garten rannte, um zu spielen. Vivi lehnte sich in ihrem Stuhl zurück und sah Sophia in die Augen.

Sophia seufzte. „So offensichtlich, was?"

Vivis Blick wurde sanfter. „Wir sind Shifter. Wenn wir den Richtigen finden, ist das meistens offensichtlich. Daniel ist der Richtige für dich. Es spielt keine Rolle, ob du dir das vorgenommen hast oder ob du zu beschäftigt bist." Nachdenklich hielt sie inne und musterte Sophia. „Ich kenne dich doch. Ich weiß, dass du dich in letzter Zeit nur auf deine Familie konzentriert und dich um alle gekümmert hast. Aber Heath geht es inzwischen wieder gut. Du kannst immer noch für ihn da sein und in deinem Leben Platz für Daniel schaffen."

Sophia kribbelte die gleiche Sorge im Magen, die sie seit Heaths Unfall in sich trug. Sie wartete immerzu darauf, dass das nächste Mal etwas schiefgehen würde, und wappnete sich, um auf alles vorbereitet zu sein. Aber sie wusste, dass Vivi recht hatte. Vivi kannte sie wahrscheinlich besser, als sie sich selbst manchmal kannte. Daniel war aus dem Nichts aufgetaucht. Das Ausmaß und die Tiefe ihrer Gefühle für ihn waren fast überwältigend. Allein die Kraft dieser Empfindungen in so kurzer Zeit brachte sie völlig aus dem Gleichgewicht.

Sie lächelte Vivi reumütig an. „Woher kennst du mich eigentlich so gut?"

Vivi grinste. „Aus dem gleichen Grund, aus dem du mich so gut kennst. Du bist doch die Freundin, die mir gesagt hat, dass ich mich der Tatsache stellen soll, dass Juliannas Vater nicht der Mann ist, für den ich ihn halten wollte. Dabei wollte ich doch bloß, dass er das war, was Daniel für dich ist. Dass ich seit drei Jahren nichts mehr von ihm gehört habe, beweist, wie falsch ich damit gelegen habe. Wenn ich also das Neonschild über dir und Daniel blinken sehe, möchte ich nur sicherstellen, dass du es nicht ignorierst."

Ein Lachen sprudelte aus Sophia heraus. „Ein Neonschild? Und was steht da drauf?"

„Für dich. Sei nicht so blöd, bloß, weil du beschäftigt bist", antwortete Vivi, ohne eine Miene zu verziehen.

Sophia lachte so sehr, dass sie kaum noch Luft bekam. Als sie endlich aufhörte, sah sie zu Vivi hinüber. „Ich gebe mein Bestes." Dann streckte sie ihre Hände aus und hob Jax auf ihren Schoß.

———

Sophia stützte sich mit der Hüfte am Tresen des Mile High Grounds ab und nahm einen Schluck von dem Espresso, den Tommy gerade für sie zubereitet hatte. Obwohl es im Mile High Grounds eine große Auswahl an speziellen Kaffeegetränken gab, war ihr Lieblingsgetränk ein einfacher Espresso. Tommy hatte ihn zur Perfektion gebracht, und sie wandte sich mit einem Lächeln an ihn, als sie ihre kleine Tasse anhob. „Ausgezeichnet wie immer."

Tommy blickte vom nächsten Kaffee auf, den er gerade zubereitete, und zwinkerte ihr zu. „Das habe ich von dir gelernt."

Sie gluckste und nahm einen weiteren Schluck. Es war später Nachmittag – eine Tageszeit, zu der es weder richtig Nachmittag noch richtig Abend war, sondern eine traumhafte Übergangszeit, in der das Licht alles in einen sanften Schein hüllte. Ihr Café hatte hohe Fenster, durch die die Sonne in goldenen Strahlen in den Raum schien. Zu dieser Tageszeit war es ruhig. Das geschäftige Treiben der Kunden zu Feierabend lag noch vor ihr. In diesem Augenblick saßen bloß einige Kunden schweigend da. Einige von ihnen waren Studenten, die auf ihre Laptops blickten und entweder lernten oder tippten, vermutlich um an irgendwelchen Referaten zu arbeiten. An einigen Tischen in der Ecke saß eine kleine Gruppe von Frauen. Sie gehörten zu einer lose organisierten Strickgruppe, die jede Woche kam, angeblich um zu stricken, aber meistens unterhielten sie sich, während sie die Wolle auf dem Schoß liegen hatten.

Sie bediente ein paar Kunden und schaute auf die Uhr. Daniel war den Tag über bei ihr zu Hause geblieben, um zu arbeiten. Er hatte seine Wohnung so gut wie aufgegeben, was für sie völlig in Ordnung war. Sie tat ihr Bestes, um Vivis dezenten Rat zu befolgen und sich auf Daniel einzulassen. Er hatte sie gefragt, ob er in ihrer Wohnung arbeiten könnte. Er hatte gemeint, dass seine Wohnung für ihn kaum ein Zuhause wäre, während er sich bei ihr viel mehr zu Hause fühlte.

Dadurch musste auch Daisy den Tag nicht alleine verbringen. Daisy liebte es natürlich, Daniel um sich zu haben. Sophia konnte sich bildlich vorstellen, dass Daisy sich einfach zu Daniels Füßen niederließ, wenn er gerade zu Hause arbeitete. Er hatte ihr vor einer Weile eine Nachricht geschickt und angekündigt, auf einen Kaffee vorbeizukommen. Obwohl sie ihre Nächte mit ihm verbrachte, reichten nur ein paar Stunden, die sie von ihm getrennt war, um sich nach ihm zu sehnen.

Da läutete das Glöckchen an der Tür. Sophia hob den Blick und sah Heath eintreten. Immer, wenn sie ihn in letzter Zeit sah, fühlte sie sich gleich viel leichter. Nachdem sie ein Jahr lang die Last der Sorge um ihn mit sich herumgeschleppt hatte, war es ein Geschenk, dass er wieder ganz der Alte war. Heath blickte sich um, als er sich auf den Weg zum Tresen machte. Bei ihr angekommen, schob er sich die Sonnenbrille auf den Kopf.

„Hey Soph. Ich habe gedacht, ich komme mal auf einen Kaffee vorbei. Wie geht's?"

„Ganz gut. Was für einen möchtest du denn?"

Heaths Blick fiel auf die Speisekarte, die an der Wand über dem Tresen hing. „Was ist das für ein Schokoladenkaffee, den ich so mag?"

„Das ist der Mocha Latte. Möchtest du einen davon?"

Heath nickte entschlossen. Als sie sich umdrehte, um die Bestellung an Tommy weiterzugeben, rief dieser ihr zu: „Kommt sofort."

Sie drehte sich um, und Heath schob mehrere Scheine über den Tresen.

„Du brauchst doch nicht zu bezahlen. Der hier geht auf mich."

Doch Heath schenkte ihr keine Beachtung und

schob die Scheine in die Trinkgeldbüchse. „Wenn du mich nicht bezahlen lässt, bekommt ihr eben ein fettes Trinkgeld."

Das Glöckchen läutete erneut. Als sie einen kurzen Blick zur Tür warf, trat gerade Daniel herein. Bei seinem Anblick krampfte sich ihr Bauch zusammen und Hitze schoss durch ihre Adern. Er war so groß, dunkel und attraktiv wie immer. Seine ausgeblichenen Jeans saßen tief auf den Hüften und er trug ein schwarzes T-Shirt. Seine wohlgeformte Brust und seine Bauchmuskeln zeichneten sich unter dem T-Shirt ab. Sie genoss das Spiel seiner Muskeln, als seine Arme locker an seinen Seiten hingen, während er auf den Tresen zuging. Als er ihr in die Augen sah, stockte ihr der Atem. Dann erinnerte sie sich daran, dass ihr Bruder genau dort stand, und schüttelte den Kopf, um sich von der puren Lust abzulenken, die sie durchströmte.

Sobald Daniel den Tresen erreicht hatte, grüßte er Heath, bevor er sich zu ihr beugte und ihr einen Kuss auf die Wange drückte. Sie errötete durch und durch. Heaths Augen hüpften zwischen ihnen beiden hin und her, aber er bewahrte sein Schweigen. Dann lehnte sich Daniel gegen den Tresen und steckte die Hände in die Hosentaschen. „Ich bin wegen des Kaffees hier", stellte er mit einem leichten Lächeln fest.

Ihr Puls raste, aber sie schaffte es, sich zusammenzureißen. „Richtig. Ein doppelter Americano?"

Er nickte kräftig. Tommy grinste. „Den nächsten habe ich auch gehört."

„Ich weiß. Ich vergesse, dass ich nicht alles für dich wiederholen muss."

Als sie sich wieder umdrehte, fragte Heath Daniel gerade, was er beruflich machte.

„Ich arbeite freiberuflich als Computerprogrammierer. Schon seit einigen Jahren. Ich habe ein paar Verträge für den technischen Support einiger Unternehmen, aber meistens programmiere ich für spezielle Projekte."

„So kannst du ganz einfach arbeiten, wo du möchtest. Kein schlechter Job", stellte Heath fest.

„Für mich passt das. Nur die Einsamkeit macht mir zu schaffen."

„Das kann ich gut verstehen. Was hältst du von Painter, wo du schon eine Weile hier bist?"

„Es gefällt mir." Daniel hielt inne und warf einen Blick auf Sophia. Dann wandte er sich wieder an Heath. „Um ehrlich zu sein, war ich mir nicht sicher, ob ich wirklich bleiben möchte, als ich hierhergekommen bin. Aber jetzt habe ich nicht vor, irgendwo anders hinzugehen."

Sophia zog es das Herz zusammen. Er wollte, dass sie seine Absichten richtig verstehen würde. Und Heath spürte das offensichtlich auch. Seine Augen verengten sich und er blickte von Daniel zu ihr. Aber falls Heath vorhatte, etwas zu sagen, entschied er sich dagegen. Er nickte einfach. „Ich kann mir vorstellen, dass Soph froh ist, dich hier zu haben."

Heaths Blick fiel auf sie, und sie konnte förmlich sehen, wie sich die Rädchen in seinem Kopf drehten. Sie vermutete, dass er zwar eine Meinung hatte, diese aber vorerst für sich behalten würde. Sein Schweigen deutete sie als Zustimmung. Es mochte widerstrebend sein, aber wenn Heath ein Problem mit Daniel hatte, würde er das auch ohne Worte deutlich zum Ausdruck bringen. Plötzlich ertönte das Glöckchen erneut. Diesmal schlenderte Vivi herein und lächelte breit, als sie die Gruppe sah. Sie steuerte geradewegs auf den Tresen zu und stellte sich genau zwischen Heath und

Daniel. „Einen Mocha Latte, bitte", verkündete sie strahlend.

„Kommt sofort", rief Tommy, als er Daniels Getränk nach vorne schob.

Vivi blickte zwischen den anderen hin und her, wobei ihr Blick auf Heath verweilte. Sie beugte sich vor und drückte ihm schnell einen Kuss auf die Wange. „Es ist so verdammt schön, dich zu Hause zu haben."

Heaths Mundwinkel zogen sich zu einem Grinsen nach oben. „Verdammt gut, zu Hause zu sein. Was habe ich da gehört, dass ihr an der Verhaftung von ein paar Schmugglern beteiligt wart?"

Vivi zuckte mit den Schultern. „Wir haben bloß ein paar Nachforschungen angestellt." Dann warf sie einen Blick zu Sophia. „Roger war gestern Abend im Quinn's. Er hat erwähnt, dass die beiden Typen, die sie in Gewahrsam haben, beschlossen haben, dass es sich lohnen könnte, auszupacken. Er wollte mir nicht viel erzählen, aber er hat gemeint, dass er glaubt, dass die Spur zu Nelson wasserdicht ist. Er hofft, dass sie endlich genug Hinweise bekommen, um Fortschritte zu erzielen."

Heaths Augen verengten sich. „Nelson? Nelson Weaver, dein Onkel?", fragte er und wandte sich an Daniel.

Daniel nickte und nahm einen Schluck von seinem Kaffee. „Als wir da draußen waren, habe ich vermutet, dass er der Typ war, der bei der Hütte gewartet hat."

„Weißt du denn viel über ihn?", fragte Heath.

„Nicht viel, abgesehen von dem, was erst meine Mutter und dann deine Mutter mir erzählt haben. Meine Mutter hat den Kontakt zu Nelson vor Jahren verloren, also hat deine Mutter mir mehr erzählen können. Aber auch das war nicht viel. Als ich ihn im alten Haus meiner Großeltern aufgesucht habe, war er nicht gerade freundlich."

Heath schwieg einen langen Augenblick, bevor er heftig den Kopf schüttelte. „Aber jetzt, wo die Polizei dran ist, haltet ihr euch gefälligst zurück?"

„Das habe ich ja immer so angekündigt und das werden wir auch", antwortete Sophia schnell. „Du kannst uns keinen Vorwurf machen. Niemandem ist irgendetwas zugestoßen, also lass es einfach gut sein."

Heaths Augen waren dunkel und düster. „Gerüchten zufolge soll es ein Handgemenge im Wald gegeben haben."

Da meldete sich Vivi zu Wort. „Das mag ja sein, aber wir wissen uns schon zu wehren. Also mach jetzt keine Mücke zu einem Elefanten."

Unruhe machte sich in Sophia breit. Sie konnte Heaths Besorgnis ja verstehen, aber sie glaubte nicht, dass er so richtig begriffen hatte, wie wichtig es für sie war, ein paar Schwachstellen im Schmugglernetzwerk zu finden. Ohne das Netzwerk in Painter und den bekanntermaßen einfachen Zugang zu Drogen, wäre Heath vielleicht nie auf die Idee gekommen, sich illegale Drogen zu beschaffen, um seine Abhängigkeit von Schmerzmitteln in den Griff zu bekommen. Egal, wie oft sie sich auch einredete, dass Heath für seine Taten selbst verantwortlich war, sie wurde den Gedanken nicht los, dass etwas gegen das Schmugglernetzwerk unternommen werden musste. Abgesehen von Heath gab es viele Gründe, das Netzwerk aus der Welt zu schaffen. Die Gerüchte über Shifter häuften sich, darunter auch Gerüchte über schmuggelnde Shifter. Und dann war da noch der Schatten, den die ganze Sache auf die Shiftercommunity warf. Shifter hatten ihren eigenen Ehrenkodex und die Schmuggler hatten diesen mit Füßen getreten.

Sophia war erleichtert, als ein Pärchen auf den Tresen zuging.

Das unterbrach ihre Unterhaltung. Heath und Daniel machten sich auf den Weg zu einem Tisch in der Nähe und schienen in ein Gespräch vertieft zu sein. Vivi wartete am Tresen. Sobald das Pärchen sich entfernt hatte, stützte Vivi sich mit der Hüfte am Tresen ab und sah Sophia an. „Heath ist ziemlich wortkarg, was Daniel angeht.“

„Ja, ich weiß. Entweder ich bekomme später was zu hören, oder er hat kein Problem mit Daniel.“

Vivi warf einen Blick hinüber zu Daniel und Heath. „Ich bin mir ziemlich sicher, dass er das Naheliegende schon mitbekommen hat. Er scheint Daniel ja recht gern zu haben.“

Sophia folgte Vivis Blick. Heath lehnte sich in seinem Stuhl zurück und sah entspannt aus. Daniel ebenso. Was auch immer Heath über sie und Daniel denken mochte, er schien sich mit Daniel zu verstehen, was eine große Erleichterung war. Sie mochte mit ihren eigenen Unsicherheiten kämpfen, aber sie wollte, dass Daniel von ihrer Familie angenommen würde.

Vivi wandte sich wieder Sophia zu, wobei ihr der lockere Zopf über die Schulter schwang. „Heath sieht richtig gut aus. Er scheint fast wieder er selbst zu sein, so wie vor dem Unfall.“

„Stimmt. Ich bin auch heilfroh. Ich hoffe nur, dass das so bleibt. Meine Mom wird sich noch eine ganze Weile nicht richtig einkriegen.“

„Ich weiß, dass sie sich Sorgen gemacht hat, aber ich schätze, Heath wird schon wieder. Er sieht besser aus als je zuvor.“

Ein weiterer Kunde näherte sich dem Tresen und ein weiterer folgte direkt dahinter. Vivi warf Sophia

einen Blick zu. „Wir sehen uns später, einverstanden?"

Sophia nickte und kümmerte sich weiter um die
Bestellungen. Vivi machte sich auf den Weg zu dem
Tisch, an dem Daniel und Heath saßen. Langsam
begann der Feierabendtrubel. Sobald es ruhiger wurde,
sah Sophia, dass Heath und Vivi bereits gegangen
waren. Daniel hatte seinen Laptop herausgeholt und
war mit seiner Arbeit beschäftigt. Und irgendwie war
sie froh, dass er hier war und darauf wartete, dass sie
mit der Arbeit fertig wurde.

KAPITEL DREIZEHN

Daniel stand mitten in seiner Wohnung. Er hatte so wenig Zeit hier verbracht, dass sie nicht mal richtig bewohnt aussah. Er hätte problemlos an einem Nachmittag seine Sachen packen und umziehen können. Seine Gedanken wanderten zurück zu den Monaten, in denen er seinen Umzug nach Painter geplant hatte. Was er Sophia über seine Familie berichtet hatte, war wahr. Er hatte eine unbeschwerte Kindheit verbracht. Nur der Tod seines Bruders belastete ihn schwer. Damals war er so jung gewesen, dass seine Erinnerungen an David nur bruchstückhaft waren. Aber an den Schmerz seiner Eltern konnte er sich lebhaft erinnern. Beide hatten die Trauer über Davids Tod bis zu ihrem eigenen Tod mit sich getragen. Trotzdem hatten sie für Daniel eine Kindheit voller Liebe und Hoffnung geschaffen. Er war nicht nach Painter gekommen, um eine Leere zu füllen. Er war nach Painter gekommen, um sich mit der Shifterseite in sich zu verbinden. Dass sein einziger lebender Onkel tief in das Schmugglernetzwerk verstrickt sein könnte, stieß ihm zwar sauer auf, aber er blieb dabei ganz sachlich.

Es wäre zwar schön gewesen, eine Familie zu finden, die ihm etwas bedeutet hätte, aber er hatte Sophia getroffen. Und die bedeutete ihm viel, viel mehr.

Er atmete tief durch und schlenderte zu seinem Schreibtisch. Schnell verstaute er seine Ersatzfestplatte in ihrer kleinen Transporttasche. Bei Sophia war er mittlerweile an einem Punkt angelangt, an dem er glaubte, laut aussprechen zu müssen, was in seinem Innersten dröhnte. Er konnte sich nicht vorstellen, jemals wieder ohne sie auszukommen. Nachdem er ein paar Klamotten in eine Tasche geworfen hatte, warf er sie sich über die Schulter und verließ die Wohnung. Auf dem Weg zurück zu Sophias Haus begann sein Handy in seiner Tasche zu vibrieren. Er tippte auf das Display auf seinem Armaturenbrett und nahm über die Freisprecheinrichtung ab.

„Hier spricht Daniel."

„Daniel, hier ist Roger Shaw."

„Officer Shaw?"

„Ganz richtig. Hör zu, ich würde gerne an unser Gespräch von neulich anknüpfen. Wir haben noch mehr Nachforschungen über deinen Onkel angestellt und wollten wissen, ob du uns vielleicht ein wenig weiterhelfen könntest."

Da zögerte er nicht lange. „Sicher. Soll ich gleich auf dem Revier vorbeikommen?"

„Das wäre toll."

„Ich bin in fünf Minuten da."

Daniel legte auf und setzte seine Fahrt in Richtung Innenstadt von Painter fort. Dann hielt er vor dem Polizeirevier an und unterhielt sich drinnen mit Roger. Wenig später machte er sich wieder auf den Weg. Er sollte Nelson nochmals besuchen und versuchen, ihn aus der Reserve zu locken. Die Polizei hatte ihre Hausaufgaben gemacht und herausgefunden, dass das

Haus seiner Großeltern direkt an Daniel und nicht an Nelson vererbt worden war. Nelson hatte wahrscheinlich gehofft, dass Daniel nie in Painter auftauchen würde, geschweige denn, dass er annehmen würde, das Haus sei nicht an Nelson gegangen. Von der Polizeiwache aus begab sich Daniel direkt in die Kanzlei des Anwalts, von dem Lila ihm erzählt hatte.

Die Kanzlei befand sich in einem alten, herrschaftlichen Haus in einer Seitenstraße im Zentrum von Painter. Daniel betrat den Empfangsbereich, in dem sich ein Schreibtisch und ein paar Stühle befanden. Da niemand da war, folgte er den Anweisungen auf dem Schild und tippte auf die kleine Glocke, die auf dem Schreibtisch stand. Nach ein paar Minuten öffnete sich eine Tür auf der anderen Seite des Flurs und ein älterer Herr betrat den Raum. Er war groß und schlaksig, hatte silbergraues Haar und braune Augen. Er hielt ihm die Hand hin. Daniel schüttelte sie schnell.

„Ich suche nach Paul Thornton. Ich bin Daniel Hayes und ...“

„Daniel, Lila Ashworth hat mir schon gesagt, dass Sie in der Stadt sind. Ich hatte schon vor, Sie anzurufen. Ich bin Paul. Freut mich sehr, Sie kennenzulernen. Lassen Sie uns doch in mein Büro gehen.“

Paul ging an Daniel vorbei, öffnete eine Tür neben dem Schreibtisch und bedeutete Daniel, ihm zu folgen. In Pauls Büro standen ein riesiger Mahagonischreibtisch, ein runder Tisch mit Stühlen, und Bücherregale säumten alle Wände. Zwei hohe Fenster ließen das Sonnenlicht in den Raum eindringen. Sie setzten sich an den Tisch. Paul stützte seine Ellbogen auf dem Tisch ab und musterte Daniel. „Sie sehen genauso aus wie Ihr Großvater, als er noch jünger war. Schön, Sie kennenzulernen“, stellte Paul unverwandt fest.

Daniel war unschlüssig, was er darauf sagen sollte und nickte.

„Lila hat vermutet, dass Sie vielleicht etwas über das Testament Ihrer Großeltern wissen möchten."

„Nicht, weil ich Schwierigkeiten machen möchte, aber es hört sich so an, als ob sich mein Onkel vielleicht nicht ganz an ihren Willen hält."

„Ganz sicher nicht. Ihre Großeltern haben Ihnen fast alles vererbt. Nachdem Ihr älterer Bruder gestorben war und Ihre Eltern mit Ihnen weggezogen waren, ist Nelson auf die schiefe Bahn geraten. Ihre Großeltern haben ihn zwar geliebt, aber sie haben auch gesehen, wie sich alles entwickelt hat und haben sich gedacht, um sicherzustellen, dass Sie das bekommen, was sie sich wünschen, sollten sie ihm besser nicht die Verantwortung dafür übertragen. Also haben sie ihm nichts hinterlassen. Stattdessen haben sie einen Fonds für ihn eingerichtet, der ihm den Großteil seiner Lebenskosten hätte einbringen können, wenn er sorgfältig gewirtschaftet hätte. Das Haus, die Grundstücke und der Rest waren für Sie gebunden. Aber allem Anschein nach hat Nelson das, was sie ihm hinterlassen haben, verpulvert. Außerdem hat er versucht, das Testament vor Gericht anzufechten und hat verloren."

Paul lehnte sich in seinem Stuhl zurück und seufzte. „Obwohl Ihre Großeltern Ihnen so viel hinterlassen haben, habe ich die strikte Anweisung erhalten, Sie nicht aufzusuchen. Ihre Großeltern haben Ihre Mutter sehr geliebt und Sie ebenso. Sie wollten niemandem Kummer bereiten und wollten, dass Sie nur dann hierherkommen, falls Sie selbst den nötigen Antrieb entwickeln. Ich muss schon sagen, ich bin erleichtert, dass Sie endlich nach Painter gekommen sind. Wenn ich irgendetwas für Sie tun kann, lassen Sie es mich bitte wissen. Ich habe sämtliche Unterlagen hier, damit Sie auf Ihre Konten zugreifen können. Was das Haus und das Grundstück angeht, haben wir alle Hände voll zu tun. Ich habe Nelson schon vor Jahren die Räumungspapiere zustellen lassen, aber er hat weiter seine Spielchen gespielt. Ich weiß, dass er in diesem Haus lebt, aber er lässt es so aussehen, als ob es verlassen wäre. Jetzt, wo Sie hier sind, können wir ihn wohl endgültig dort rausholen."

Daniel zuckte mit den Schultern. „Es ist nicht so, dass ich ihn nicht dort raushaben möchte, aber ich habe es auch nicht eilig. Wir können die Sache langsam angehen. Er hat mich ziemlich abweisend behandelt, als ich ihn besucht habe, und jetzt verstehe ich auch warum. Auch in Bezug auf das Haus hat er mich angelogen. Er hat behauptet, es würde nach seinem Tod an mich vererbt."

Paul schüttelte langsam den Kopf. „Es ist traurig zu sehen, welchen Weg er eingeschlagen hat. Es hat Ihren Großeltern das Herz gebrochen." Paul erhob sich und trat hinüber an seinen Schreibtisch. Dort holte er einen Stapel Akten hervor und legte sie auf den Tisch. Als er begann, sie durchzublättern und Dokumente herauszuziehen, meldete sich Daniel zu Wort.

„Im Augenblick hoffe ich lediglich auf einige Informationen über das Haus. Die Polizei hat mich nämlich um Hilfe bei einer Untersuchung gebeten, die Nelson betrifft."

Pauls scharfe braune Augen schweiften zu Daniel hinüber. „Erzählen Sie mir doch bitte mehr."

„Langer Rede, kurzer Sinn: Ich war in Begleitung von Freunden unterwegs, als wir auf eine alte Hütte im Wald gestoßen sind, in der sich angeblich regelmäßig

Schmuggler treffen. Ich bin sicher, Sie haben von dem Schmugglernetzwerk gehört …"

„Unmöglich, nicht davon zu hören. Was für eine verdammte Schande und eine Tragödie für Painter", fügte Paul hinzu.

„Jedenfalls war ich mir ziemlich sicher, dass ich Nelson dort draußen gesehen habe. Auf dem Rückweg sind uns zwei Shifter gefolgt. Wir haben uns um die beiden gekümmert und sie auf der Polizeiwache abgeliefert. Als ich bei der Polizei erwähnt habe, dass ich glaubte, Nelson dort gesehen zu haben, hat man mir mitgeteilt, dass man ihn schon länger im Verdacht hat, etwas damit zu tun zu haben. Heute hat mich Officer Shaw angerufen und gefragt, ob ich ihnen helfen könnte. Sie hoffen, dass ich Nelson aus der Reserve locken kann, indem ich die Sache mit dem Haus vorantreibe. Also habe ich gedacht, es wäre besser, wenn ich die rechtlichen Voraussetzungen dafür schaffen würde."

Paul lehnte sich in seinem Stuhl zurück und seufzte schwer. „Es überrascht mich überhaupt nicht, dass Nelson in den Schmuggel verwickelt ist. Seit er das Geld, das ihm Ihre Großeltern hinterlassen haben, verprasst hat, frage ich mich schon, wie er überhaupt über die Runden kommt. Ihre Großeltern würden sich im Grabe umdrehen, wenn sie wüssten, dass er die Shifter auf diese Weise gefährdet." Paul hielt inne und schüttelte langsam den Kopf. „Wie dem auch sei, Sie brauchen sich um die rechtlichen Fragen keine Gedanken zu machen. Die Urkunde für das Grundstück ist wasserdicht. Nelson weiß das bereits, deshalb gibt er sich auch so viel Mühe, es so aussehen zu lassen, als würde er nicht dort wohnen. Die Unterlagen sind beim Amtsgericht hinterlegt, und ich habe Kopien von allem. Anstatt sie mit sich herumzuschleppen, verweisen Sie Nelson einfach an mich, wenn er versucht, das Thema auf die Spitze zu treiben. Aber das wird er nicht. Da hat die Polizei völlig recht. Es wird ihn verunsichern, dass Sie sich hier herumtreiben und genau wissen, was Sache ist." Paul lächelte und seine Augen funkelten. „Ich bin nicht mehr der Jüngste, wissen Sie. Ich war mir gar nicht so sicher, ob ich überhaupt noch da sein würde, sobald Sie auftauchen. Umso schöner ist es, Sie zu sehen und zu wissen, dass Sie sich als der Mann entpuppt haben, den sich Ihre Großeltern erhofft haben. Ihre Mutter war eine ganz reizende Person und Ihr Vater war ein guter Mann. Ich habe ja durchaus verstanden, warum sie Painter verlassen haben, aber man hat sie doch schmerzlich vermisst."

Daniel schnürte es die Kehle zu, eine Welle von Gefühlen schwappte über ihn hinweg. Er hatte sich mit dem Verlust seiner Eltern zwar abgefunden, aber er vermisste sie immer noch. Es war schön zu wissen, dass sie von den Freunden und der Familie, die sie in Painter zurückgelassen hatten, vermisst wurden. Schnell räusperte er sich. „Ich weiß, dass die Gefühle auf Gegenseitigkeit beruht haben. Meine Mutter hat immer wieder davon gesprochen, wie sehr sie Painter vermisst, und das ist auch mit ein Grund, warum ich schließlich hergekommen bin."

„Das ist wirklich erfreulich", antwortete Paul bestimmt. Dann hielt er inne, und sein Blick war nachdenklich. „Sie sollten vielleicht wissen, dass Lila Ashworth sich fest in den Kopf gesetzt hat, dass Sie sich ihre Tochter angeln. Und wenn Lila sich einmal etwas vorgenommen hat, ist schwer dagegen anzukommen."

Daniel zuckte mit den Schultern. Wenn es nach ihm ginge, würde Lila ihren Willen bekommen. „Gut zu wissen, dass Lila und ich da einer Meinung sind. Ich kann nicht mit Sicherheit sagen, ob es mir gelungen ist, mich in Sophias Herz zu schleichen, aber ich werde es auf jeden Fall versuchen."

Paul schmunzelte. „Dann müssen Sie sich wohl keine Sorgen mehr um Lila machen, da Sie beide sich einig zu sein scheinen."

———

Daniel schritt die Stufen des alten Hauses seiner Großeltern hinauf und klopfte an die Tür. Jetzt, da er wusste, warum das Haus von außen und von innen unbewohnt aussah, ärgerte er sich ein klein wenig über Nelson. Eigentlich hätte er fuchsteufelswild darüber sein sollen, aber das war einfach nur kindisch. Anstatt klug genug zu sein, mit dem Geld, das ihm seine Eltern hinterlassen hatten, vernünftig über die Runden zu kommen, hatte Nelson es in kürzester Zeit verprasst und musste sich nun in ihrem alten Haus herumschleichen, um einer Zwangsräumung zu entgehen.

Während er darauf wartete, dass Nelson die Tür öffnete, warf er einen Blick auf den überwucherten Garten. Alles wirkte ungepflegt. Er erinnerte sich daran, wie seine Mutter darüber gesprochen hatte, wie sehr seine Großmutter die Gartenarbeit geliebt hatte. Daniel konnte zwar etwas Mitgefühl für Nelson aufbringen, nachdem Davids Tod ein Loch in die Familie gerissen hatte, aber er hatte kein Verständnis für Nelsons Entscheidung, sich heimlich in das alte Anwesen einzuschleichen und es absichtlich verwahrlosen zu lassen, um es so aussehen zu lassen, als würde er dort gar nicht wohnen.

Gerade als Daniel die Hand hob, um erneut an die

Tür zu klopfen, schwang die Tür auf. Nelson stand da, mit wachsamem Blick. Daniel besaß genug Scharfsinn, um zu ahnen, dass Nelson möglicherweise herausgefunden hatte, dass er hinter den beiden verhafteten Shiftern steckte. Er und Roger hatten seine Vorgehensweise besprochen. Daniel musste Nelson bedrängen, sich vom Grundstück seiner Großeltern zu verziehen. Die Polizei glaubte, dass sich die alte Hütte, in der Nelson und die anderen Shifter gesehen worden waren, auf einem weiteren Grundstück befand, das an Daniel vererbt worden war. Im Gespräch mit der Polizei und Paul hatte Daniel erfahren, dass das Holzfällergeschäft seiner Großeltern über gewaltige Landflächen in und um Painter sowie in anderen Gebieten des Westens verfügt hatte. Zwar hatten sie vor ihrem Tod große Teile ihres Landbesitzes verkauft, aber mehrere große Ländereien waren für Daniel treuhänderisch verwaltet worden. Die Polizei hoffte, dass Daniel, wenn er die Angelegenheit mit dem Haus seiner Großeltern auf die Spitze treiben würde, Nelson in einige der anderen Gebiete verdrängen würde, von denen sie annahmen, dass er sie als Treffpunkt für Schmuggeloperationen nutzte. Ohne das Hauptquartier in Painter würde Nelson größere Schwierigkeiten haben, seinen Aufenthaltsort zu verbergen.

Daniel musste sich nicht anstrengen, um seinen Ärger über Nelson zum Ausdruck zu bringen. Er musterte ihn einen langen Augenblick und lehnte sich mit der Schulter gegen den Türrahmen. „Ich habe gedacht, dass es dich vielleicht interessieren könnte, dass ich mich mit Paul Thornton getroffen habe."

Nelsons verblasste blaue Augen verengten sich und er kniff den Mund zusammen. „Verstehe. Du hast mir nicht getraut, also bist du direkt zu ihm gegangen."

„Du hast mich wegen des Grundstücks angelogen", kam Daniel direkt zur Sache.

Nelson zuckte mit den Schultern. „Deine Eltern sind doch bloß zur Beerdigung meiner Eltern nach Painter gekommen. Ansonsten ist alles an mir hängengeblieben." Der Groll in seinem Tonfall war verblüffend. Als ob er überhaupt nicht erkannt hätte, dass es doch Daniels Eltern waren, deren Leben durch den tragischen Verlust ihres kleinen Sohnes aus den Fugen geraten war. Daniel bezweifelte nicht, dass das alles auch für Nelson und seine Eltern schwer gewesen war, aber nichts davon konnte den schweren Schlag für seine Familie lindern.

Daniel zügelte seinen Ärger. Er musste unbedingt die Ruhe bewahren. „Egal wie du das auch darstellst, es ist trotzdem nicht in Ordnung, dass du gelogen hast und etwas an dich genommen hast, das dir nicht gehört. Laut Paul hast du eine Menge Geld übriggehabt, das du genauso gut aus dem Fenster hättest werfen können, so verantwortungslos, wie du damit umgegangen bist. Ich bin gekommen, um dir mitzuteilen, dass ich weiß, dass dieses Grundstück mir gehört, genauso wie alle anderen Grundstücke, die nicht verkauft worden sind. Ich erwarte, dass du bis zum Ende der Woche hier raus bist."

Da richtete sich Nelson auf, sein Gesichtsausdruck war fast schon unverschämt. „Du meinst, du kannst einfach so in Painter auftauchen, nachdem du all die Jahre weg warst, und mir dann vorschreiben, dass ich mich von dem Grundstück meiner Eltern verziehen soll?" Seine Stimme wurde mit jedem Wort lauter und seine Augen verdunkelten sich vor Wut.

Nelsons Zorn bestärkte Daniel nur in seiner Entschlossenheit. Dass Nelson glaubte, er hätte das Recht, in dieser Angelegenheit sauer zu sein, verdeutlichte nur seine Selbstsucht und Gier. „Du hast doch bloß dein eigenes Leben versaut und gehofft, dass ich nie hier auftauchen würde. Aber nun bin ich hier, und ich erwarte, dass du bis zum Ende der Woche verschwunden bist."

Damit stieß sich Daniel von der Tür ab und begann, die Verandastufen hinunterzugehen. Nelsons nächste Worte ließen ihn vor Wut schier zusammenzucken. „Ich verschwinde, aber glaube ja nicht, dass du mich hier zum letzten Mal sehen wirst. Vielleicht solltest du besser deine kleine Freundin im Auge behalten."

Daniel hielt auf halbem Weg inne und wandte sich um, um zu Nelson zurückzuschauen. „Zieh sie da bloß nicht mit rein. Sonst wirst du das noch bitter bereuen", erwiderte er. Es kostete ihn all seine Kraft, sich nicht zu wandeln und Nelson in Stücke zu reißen. Sein Kater brodelte unter seiner Haut, aber er zwang sich, sich zurückzuhalten.

Nelson grinste ihn an. „Ich mag in die Jahre gekommen sein, aber ich bin noch lange keine Schmusekatze. Pass lieber auf dich auf." Damit knallte er die Tür zu.

Daniel verharrte einen Augenblick lang still, während der Zorn ihn übermannte. Er lauschte auf Nelsons Schritte, die sich von der Tür entfernten und auf den Holzböden in dem größtenteils leeren Bauernhaus widerhallten. Dann atmete er tief durch und stieg langsam die Treppe hinunter. Sofort fuhr er in Richtung Innenstadt und machte sich auf den Weg zum Mile High Grounds, um sich mit Sophia zu unterhalten.

KAPITEL VIERZEHN

„Autsch!" Sophia zog rasch ihre Hand von der Espressomaschine. Sie steckten mitten im morgendlichen Trubel und dabei hatte sie unvorsichtigerweise nach einem Stapel Tassen gegriffen und ihre Hand direkt unter die Dampfdüse gehalten.

Tommy drehte seinen Kopf zur Seite und sah sie an. „Alles in Ordnung?"

Sie hielt sich das Handgelenk und schaute nach unten. Ein leuchtend roter Fleck strahlte sie an und pochte sogleich heftig von der Verbrennung. „Kein Thema. Aber gib mir ein paar Minuten. Ich muss die Stelle unter kaltes Wasser halten."

„Brauchst du etwas? Josie kann sich doch für ein paar Minuten um alles kümmern", meinte Tommy mit besorgtem Blick. Seine Hände bewegten sich weiter und zogen auf Autopilot Kaffeeshots.

Sophia schüttelte ihren Kopf. Die Hautstelle, die unter dem Dampf gelandet war, brannte und brannte, aber sie würde schon klarkommen. „Nein, alles in Ordnung. Gib mir nur ein paar Minuten."

Sie schob sich durch die Zwischentür, die zu einem

kleinen Hinterzimmer führte. In dem Raum befanden sich Regale mit Säcken voller Kaffeebohnen, Backzubehör und allem, was sie sonst noch für den Betrieb des Mile High Grounds brauchte. An einer Seitenwand stand ein Doppelspülbecken aus rostfreiem Stahl. Sie trat an das Becken und ließ das kühle Wasser über ihr Handgelenk laufen. Sofort linderte das Wasser das Brennen. Sie seufzte, als der Schmerz langsam nachließ. Mit der freien Hand griff sie in den Gefrierschrank neben dem Spülbecken und holte etwas Eis heraus. Nachdem sie das Wasser abgestellt hatte, packte sie das Eis in ein sauberes Handtuch und hielt es über die Brandwunde.

Dann lehnte sie sich mit den Hüften gegen das Waschbecken und lauschte dem Stimmengewirr der Kunden vor der Tür. Sie hörte, wie das Glöckchen an der Tür läutete und wie sich Schritte zum Tresen und dann hinter den Tresen bewegten. Gerade als sie sich fragte, wer das sein könnte, hörte sie Daniels Stimme.

„Ist Sophia da?"

„Sie ist gleich da drüben. Achte darauf, dass sie sich um die Verbrennung kümmert, die sie sich gerade zugezogen hat", antwortete Tommy.

Die Zwischentür schwang auf, und Daniel trat hindurch. Er ließ seinen Blick über sie schweifen und blieb an dem Handtuch hängen, das sie auf ihr Handgelenk hielt. Mit drei schnellen Schritten war er bei ihr und legte seine Hand um ihren Ellbogen, während er das Handtuch anhob, um ihr Handgelenk zu untersuchen. „Tommy hat gemeint, du hättest eine Verbrennung. Wie geht's dir?"

Sie zuckte mit den Schultern und die Besorgnis in seiner Stimme ließ sie ein wenig erschaudern. Sie war es gewohnt, auf sich selbst aufzupassen. Es war seltsam beruhigend, dass er sich wegen so einer Kleinigkeit

Sorgen machte. Sie blickte in seine marineblauen Augen und ihr Puls beschleunigte sich schlagartig. „Schon gut. Ein bisschen heiß, aber das wird schon wieder. Ich habe nicht aufgepasst und meine Hand direkt unter die Dampfdüse gehalten."

Daniel legte das Handtuch wieder vorsichtig über die Brandwunde. „Lass es noch ein paar Minuten drauf liegen. Hast du Verbandszeug zur Hand?"

„Ich brauche doch kein ..."

Er zog eine Augenbraue hoch. „Die Verbrennung schwillt schon an und wird wahrscheinlich Blasen werfen. Du solltest sie besser verbinden, nur um sicherzugehen."

Sie seufzte. „Also gut. Einverstanden." Sie deutete in die hintere Ecke, wo ein Schrank mit Erste-Hilfe-Material hing.

Daniel begab sich sofort zu dem Schrank und holte den Erste-Hilfe-Kasten heraus. Er kehrte mit Salbe, Verband und Mull zu ihr zurück. Schnell verteilte er die Brandsalbe auf ihrer Haut, legte vorsichtig den Verband an und befestigte die Mullbinde locker darüber. Als er fertig war, lehnte er sich gegen die Wand und steckte die Hände in die Taschen seiner Jeans. Über einem schwarzen T-Shirt trug er seine schwarze Lederjacke. Er war so verdammt scharf, dass er ihr den Atem raubte.

„Ich nehme an, du hast vor, den Rest des Tages zu arbeiten", sagte er mit einem schiefen Lächeln.

„Daniel, das ist doch bloß eine Kleinigkeit. Ich übernehme die Kasse und überlasse es Tommy und Josie, sich um alles andere zu kümmern."

Er ließ seinen Blick über sie schweifen. Sein Gesichtsausdruck war ernst. In ihr regte sich Besorgnis. „Was ist hier los?", fragte sie.

Seine Schultern hoben und senkten sich mit einem

tiefen Atemzug. „Ich habe doch erwähnt, dass die Polizei mich um Hilfe bei Nelson gebeten hat?"

„Ja. Wir haben uns doch erst gestern Abend darüber unterhalten. Was ist passiert?"

„Im Großen und Ganzen ist alles so gelaufen, wie ich erwartet habe. Nelson ist stinksauer, weil ich seinen Schwindel mit dem Haus durchschaut habe. Ich komme gerade von dort. Aber am Schluss hat er mir noch gedroht, ich solle dich gut im Auge behalten."

Sophia baute sich vor Daniel auf. „Lass das bloß nicht an dich ran. Er kann mir gar nichts anhaben. Verstanden?"

Daniel ließ seine Hände über ihre Schultern gleiten und nahm sie in die Arme. Er fand es fast unmöglich, vernünftig zu sein, wenn es um Sophias Sicherheit ging. „Ich weiß, dass du auf dich selbst aufpassen kannst, aber Nelson treibt ein übles Spiel. Ich traue ihm nicht und möchte nur, dass du vorsichtig bist."

Seine Stimme klang gedämpft in ihrem Haar. Da neigte sie ihren Kopf zurück und sah auf. „Das bin ich, okay? Lass dich davon nicht einschüchtern. Nelson ist im Visier der Cops und aller Shifter, die nur darauf aus sind, das Schmugglernetzwerk zu zerschlagen. Er wird kaum noch irgendwas tun oder irgendwo hingehen können, ohne ständig über seine Schulter zu schauen."

Er strich ihr mit einer Hand durchs Haar und nickte. „Ich weiß, aber das macht es auch nicht leichter, wenn ich höre, wie er dir droht." Dann senkte er seinen Kopf und küsste sie auf die Lippen. In Sekundenschnelle war sie entflammt und schmiegte sich an ihn. Da läutete das Glöckchen am Eingang und erinnerte sie daran, wo sie waren. Er löste seine Lippen und ließ seine Stirn gegen ihre sinken.

Seine Stimme war tief und rau, als er das Wort ergriff. „Ich muss dir unbedingt etwas sagen."

Sie hob den Kopf, ihre Augen blieben an seinem Blick hängen. „Als ich dir das erste Mal begegnet bin, habe ich ganz genau gewusst, was meine Mutter gemeint hat, als sie mir erzählt hat, ich würde es wissen. Sie hat mir in kürzester Zeit jede Menge darüber erklären müssen, was es bedeutet, ein Shifter zu sein. Eines Tages hat sie mir auch erzählt, dass Shifter nur einen wahren Gefährten haben, aber nicht jeder Shifter das Glück hat, seinen zu finden. Aber wenn ich meine Gefährtin eines Tages finde, würde ich das sofort wissen. Und ja – ich habe es wirklich sofort gewusst, als ich dich kennengelernt habe, auch wenn es ein bisschen gedauert hat, bis ich damit klargekommen bin. Was ich damit sagen möchte, ist ... ich liebe dich. Und ich möchte keinen Tag mehr vergehen lassen, ohne dir zu zeigen, wie wichtig du für mich bist."

Seine Worte ließen ihr Herz höherschlagen. Die Hoffnung breitete ihre Flügel aus und stieg mit ihr in den Himmel. Sofort versuchte ihre zurückhaltende Seite, sie zu unterbrechen. Es war ein langes und hartes Jahr gewesen. Als Daniel in ihr Leben getreten war, hatte sie nur gehofft, dass das Leben wieder seinen gewohnten Gang gehen würde und dass es allen in ihrer Familie gut gehen würde. *Fängst du jetzt tatsächlich an, mit dir selbst zu streiten? Du machst dich damit doch bloß lächerlich. Der Mann, der dir mehr bedeutet als jeder andere, hat dir gerade seine Liebe gestanden und du fragst dich, ob jetzt der richtige Zeitpunkt ist. Sei doch nicht so bescheuert.*

Sophia schüttelte den Kopf und lachte dann leise. Dann schüttelte sie abermals den Kopf. Daniels Mundwinkel zuckten, aber er blieb ruhig und betrachtete sie aufmerksam. Jedes seiner Worte entsprach dem, was sie für ihn empfand. Sie versuchte, etwas zu sagen, aber die Gefühle schnürten ihr die Kehle zu. Sie schnappte nach Luft und fuhr mit ihrer Hand über seine Brust, bis sie über seinem Herzen zum Stillstand kam. Es pochte stark und gleichmäßig unter ihrer Handfläche. Endlich fand sie ihre Stimme wieder. „Mir geht es ganz genauso. Ich liebe dich."

Wieder neigte er seinen Kopf. Diesmal begann sein Kuss zärtlich, aber wie so oft bei ihnen war es in Sekundenschnelle so, als ob Flammen um sie herum leckten. Langsam zog er sich zurück, nahm ihre Unterlippe zwischen die Zähne und zerrte sanft daran. Josie rief Tommy zu, er solle zwei Milchkaffees machen, und Daniel gluckste leise. „Ich schätze, ich sollte dich wieder an die Arbeit gehen lassen."

Sie grinste und zuckte mit den Schultern. „Ich denke schon. Wo wolltest du eigentlich als Nächstes hin?"

„Ich habe Roger versprochen, vorbeizukommen und ihn auf den neuesten Stand zu bringen. Dann wollte ich dich fragen, ob es dir etwas ausmacht, wenn ich heute wieder von deiner Wohnung aus arbeite. Ich muss an ein paar Projekten arbeiten und Daisy kann die Gesellschaft immer gebrauchen." Sein Mund verzog sich zu dem leichten Schmunzeln, das sie so liebgewonnen hatte.

„Als ob du fragen müsstest", erwiderte sie, und ihr eigenes Lächeln spiegelte seins wider.

Da schwang die Flügeltür auf und Tommy trat hindurch. „Tut mir leid, aber ich brauche noch ein paar Kaffeebohnen." Er schnappte sich zwei Tüten und kehrte sofort wieder nach vorne zurück.

Sophia trat einen Schritt zurück. „Ich schätze, wir

können uns nicht den ganzen Nachmittag hier hinten verstecken."

Daniel gluckste. „Wahrscheinlich nicht."

Sie atmete tief durch. Sie wusste nicht, warum, aber sie zögerte immer wieder, obwohl es sinnlos schien, zu zögern. Nach einem langen Augenblick schüttelte sie den Kopf. Ihre Wangen wurden glühend heiß, als sie sah, dass Daniel zu lächeln begann. Sie zuckte mit den Schultern. „Lach du nur, wenn du möchtest. Das liegt allein an dir. Du bringst mich zum Kopfschütteln."

Dann holte sie noch einmal tief Luft. „Ich habe mir überlegt, dass ich dir vielleicht noch mitteilen sollte, dass es für mich in Ordnung wäre, wenn wir uns einfach eingestehen, dass du vielleicht bei mir einziehst."

„Das klingt doch gut. Der Mietvertrag für meine Wohnung läuft nur bis Ende August", sagte er mit einem Lächeln, das nicht nachließ.

Sie nickte, und Wärme breitete sich in ihrer Mitte aus und strömte nach außen. „Und bis dahin musst du mich nicht jeden Tag fragen, ob du bei mir arbeiten darfst."

Ein weiteres leises Glucksen und er nickte. Sie wollte sich gerade abwenden und nach draußen eilen, als seine Hand ihren Ellbogen berührte. Sie wandte sich ihm zu. Sein Gesichtsausdruck war nun ernst. „Versprich mir, dass du vorsichtig bist. Macht es dir etwas aus, wenn ich dich auf dem Heimweg begleite? Ich kann Daisy mitnehmen."

Eigentlich wollte sie ihm sagen, dass er sich keine Sorgen machen musste, aber sie spürte, dass er ihr diese Unterstützung unbedingt geben wollte. Außerdem wusste sie, dass Nelson nicht mehr viel zu verlieren hatte, und das machte ihn noch viel gefährlicher. Sie konnte sich als Shifterin behaupten, aber andere Shifter hatten genauso viel Macht und sogar noch mehr als sie. Sie war nicht so bescheuert zu glauben, dass sie Nelson allein in Schach halten konnte, wenn er sie angriff. Also begegnete sie Daniels besorgtem Blick und nickte. „Natürlich. Ich bleibe hier, bis wir abschließen. Und bis dahin ist auch Tommy da."

„Ich werde etwas früher hier sein. Ich brauche ohnehin meinen Abendkaffee."

Damit folgte er ihr nach draußen und holte sich noch einen Kaffee von Tommy, bevor er ging.

———

Am nächsten Morgen stand Sophia am Tresen und die Kunden standen bis zur Tür Schlange. Tommy und Josie arbeiteten auf Hochtouren, um so schnell wie möglich Kaffee auszuschenken. Nachdem eine Gruppe von Studenten zur Seite gerückt war, um auf ihre Getränke zu warten, blickte sie auf und sah Nelson Weaver am Tresen stehen. Sie kannte ihn vom Sehen, obwohl sie sich nicht erinnern konnte, wann sie ihn das letzte Mal getroffen hatte. Als sie sich an Daniels Warnung über Nelsons unverhohlene Drohung ihr gegenüber erinnerte, kribbelte es in ihr. Sie machte sich keine Sorgen, dass er hier, mitten in ihrem überfüllten Café und in der Innenstadt von Painter, irgendetwas anstellen würde, aber sie fragte sich schon, was er vorhatte. Wenn er jemals zuvor einen Fuß in das Mile High Grounds gesetzt hätte, wäre sie überrascht gewesen. Sie verhielt sich betont gleichgültig, als sie ihm in die Augen sah. Sein Blick war kalt und ausdruckslos.

Sie behandelte ihn so, wie sie jeden Kunden behandelte. „Was kann ich für dich tun?“, fragte sie mit einem höflichen Lächeln.

Sein Blick schweifte durch den Raum, bevor er wieder auf ihr landete. „Ich bin nicht wegen des Kaffees hier. Ich bin nur gekommen, um dir zu raten, deinen neuen Freund ein wenig im Zaum zu halten. Außerdem soll er mich morgen Nachmittag um zwei Uhr an der alten Hütte treffen. Du weißt schon, welche ich meine“, fügte er mit spitzem Unterton hinzu. Sein Gesichtsausdruck war unverändert, aber die Drohung war aus jedem Wort deutlich herauszuhören.

Bittere Anspannung und Verärgerung schnürten ihr die Brust ein. Sie hätte am liebsten um sich geschlagen, aber das war weder der richtige Zeitpunkt noch der richtige Ort. Sie durfte hier nicht die Kontrolle verlieren und sie durfte Nelson nicht wissen lassen, dass er sie verunsichert hatte. Also kämpfte sie gegen die Angst an, aber sie konnte ihre Sorge um Daniel nicht unterdrücken und auch nicht, was es bedeutete, dass er eine Rolle dabei gespielt hatte, Nelson in die Enge zu treiben. Sie verschaffte sich eine kurze Verschnaufpause, indem sie einen vorbeikommenden Kunden grüßte, bevor sie ihren Blick wieder auf Nelson richtete und nickte. „Ich gebe Daniel Bescheid“, erwiderte sie mit gezwungener Höflichkeit, bevor sie sich dem nächsten Kunden zuwandte, der neben Nelson an den Tresen trat.

Nelson hielt ihrem Blick einen langen Augenblick stand, bevor er sich abwandte und wieder nach draußen trat.

KAPITEL FÜNFZEHN

„Was?", fragte Daniel mit zusammengekniffenen Augen, als er sich zu ihr umdrehte.

„Genau das, was ich gesagt habe. Nelson war heute im Mile High und hat mich aufgefordert, dir auszurichten, dass du dich zurückhalten und ihn morgen bei der alten Hütte treffen sollst", wiederholte Sophia, was sie gerade gesagt hatte. Sie saßen auf der Couch in ihrem Wohnzimmer. Gerade hatten sie zu Abend gegessen, und Daisy schlief in der hintersten Ecke auf ihrem riesigen Hundebett.

Daniel musterte sie einen langen Augenblick lang einfach nur. „Hat er sonst noch etwas gesagt?" Seine Stimme war leise und kontrolliert.

„Nicht wirklich. Er war nur kurz da. Er hat mir das Gleiche gesagt, was ich dir gerade mitgeteilt habe und hat noch gemeint, ich wüsste schon, welche Hütte er meint. Ich bin ich mir ziemlich sicher, dass er weiß, dass Vivi und ich da draußen waren."

Daniel schwieg noch ein paar Sekunden lang. „Er hat sich klar ausgedrückt, indem er bei dir aufgetaucht ist, um seine Nachricht zu übermitteln. Verdammtes

Arschloch. Er möchte sichergehen, dass ich weiß, dass er hinter dir her ist." Daniels Augen hatten sich dunkel und stürmisch verfärbt.

Er legte seinen Arm um ihre Schultern und sie lehnte sich in seine Schulterbeuge. Sie legte ihre Hand auf seine und drückte sie. „Ich weiß, dass du dir Sorgen machst, dass er irgendetwas unternehmen könnte, aber das hat er nicht getan, als er die Gelegenheit dazu gehabt hat. Ich schätze, er rasselt nur mit den Ketten. Ich bin mir allerdings nicht sicher, was ich davon halten soll, dass du dich mit ihm triffst."

Sie lehnte ihren Kopf zurück, um ihn ansehen zu können. Sein Blick senkte sich auf ihren. „Ich finde überhaupt nicht gut, dass er bei dir aufgekreuzt ist. Wenn er mit mir reden möchte, weiß er, wo er mich finden kann. Er ist zu dir gekommen, um ein Zeichen zu setzen. Versprich mir einfach, dass du vorsichtig bist."

„Natürlich! Aber was hast du jetzt vor? Gehst du morgen zur Hütte?"

Daniel streckte seinen Arm aus und strich ihr mit der Hand durch das Haar. „Keine Ahnung. Ich muss erst mit Roger sprechen, bevor ich irgendwas mache. Wenn ich gehe, dann nicht allein."

Ein Gefühl der Besorgnis durchfuhr sie. Sie würde sich Sorgen machen, bis die Situation mit Nelson geklärt war. Im vergangenen Jahr hatte sie sich so sehr daran gewöhnt, sich Sorgen zu machen, dass ihr das Gefühl inzwischen sehr vertraut war. Dann fiel ihr Blick auf Daniels Gesicht. Er starrte auf den Fernseher, aber schenkte den Nachrichten auf dem Bildschirm nicht die geringste Aufmerksamkeit. Ihre Augen glitten über die Konturen seines Gesichts – die scharfen Linien seiner dunklen Brauen, die klare Linie seiner Nase, die schrägen Wangenknochen, die zu seinem sinnlichen Mund hin abfielen. Er musste ihren Blick auf sich gespürt haben, denn er wandte sich ihr zu und hielt ihren Blick fest. Die Luft um sie herum wurde immer schwerer, erfüllt von Verlangen. Ihre Begierde entfaltete sich wie Rauch, der aus der inneren Glut aufstieg. Da strich seine Hand durch ihr Haar und legte sich um ihren Nacken. Sein Daumen bewegte sich langsam über den Pulsschlag an ihrem Hals hin und her.

Sie spürte, wie seine Augen über ihr Gesicht wanderten. Es war, als würde er sie mit seiner Berührung abtasten, doch er rührte keinen Finger. Sie stieß sie sich von ihm ab und drehte sich zu ihm, um sich rittlings auf ihn zu setzen. Sie ließ ihre Hüften nach unten sinken und stieß keuchend die Luft aus, als sie seinen harten Schaft an sich spürte. Sie war bereits feucht für ihn. Allein der Gedanke, ihn zu berühren, ließ sie dahinschmelzen. Da ließ sie ihre Hände über seine Schultern und die Muskeln seiner Arme gleiten. Seine Augen waren dunkel vor Verlangen, als er seine Hand hob und mit seinem Daumen ihre Lippen nachzeichnete.

Mit der anderen Hand glitt er unter den Saum ihres T-Shirts und über ihren Rücken. Die raue Oberfläche seiner Handfläche ließ Funken über ihr Rückgrat sausen. Mit leichtem Druck brachte er sie nach vorne, als er ihr auf halbem Weg entgegenkam und ihre Lippen in einem glühenden Kuss einfing. Hitze loderte in ihr auf. Sein Kuss war fordernd und ließ sie in die Fluten der Lust eintauchen. Ihre Zungen verschränkten sich ineinander. Was wie ein langsamer Tanz begann, wurde zu einem wilden und rasenden Ritt. Er schob ihr Shirt hoch und warf es auf den Boden. Seines folgte und sie seufzte erleichtert auf, als sie seinen Oberkörper an ihrer Haut spürte. Seine

Handflächen umfassten ihre Brüste. Er fuhr mit seinen Daumen auf der schwarzen Seide hin und her und machte sie vor Verlangen fast verrückt. Ihre Brustwarzen waren angespannt und brannten schmerzhaft. Erst als sie leise stöhnte, schob er seinen Daumen unter den Verschluss und ließ ihren BH zu den auf dem Boden liegenden Shirts fallen.

Seine Lippen wanderten die Kurve ihres Halses entlang und entfachten eine Spur aus Feuer. Rastlos drückte sie sich an ihn, genervt von den vielen Kleidungsschichten zwischen ihnen. Seine Lippen schlossen sich um eine Brustwarze, und sie schrie auf und wölbte sich gegen die feuchte Hitze seines Mundes. Er umspielte mit seiner Zunge ihre feste Brustwarze, bevor er scharf zubiss, um das Verlangen zu lindern und es gleichzeitig zu befeuern. Während er die gleiche unerbittliche Aufmerksamkeit auf ihre andere Brustwarze richtete, wand sie sich ihm entgegen, knöpfte schnell seine Jeans auf und legte ihre Handfläche auf die pulsierende Hitze seines Schafts.

Plötzlich hob er den Kopf und packte sie an den Hüften. Mit einer schnellen Bewegung stand er mit ihr auf und hielt sie fest in seiner starken Umarmung. Sie quiekte, während er sie in seine Arme zog. Dabei schlang sie ihre Beine um seine Hüften. Er trug sie ins Schlafzimmer und schob sie durch die Tür. Ohne sie loszulassen, schaffte er es irgendwie, die Lampe anzuknipsen und sie unter sich auszustrecken. In kürzester Zeit hatte er ihr die Jeans ausgezogen und seine zur Seite geschleudert. Sie stützte sich auf ihre Ellbogen und sah zu ihm auf. Im schattigen Licht zeichneten sich die harten Flächen seines Körpers ab, jeder Zentimeter seines Körpers war Muskeln pur. Er ließ seinen Slip an und streckte sich neben ihr aus, während seine Hand sich über ihre Brüste und ihren Bauch schlängelte. Ihr Slip war schon ganz durchnässt von ihrem Verlangen, und die feuchte Hitze wurde immer stärker, als er über die Baumwolle strich und seine Finger hin und her bewegte. Mit jedem Streicheln wurde das Bedürfnis in ihr stärker und stärker.

„Daniel ... ich brauche ...“

„Das hier?“

Seine Frage kam in dem Augenblick, als er einen Finger einhakte und ihr Höschen herunterzog. Bevor sie noch irgendetwas erwidern konnte, strich er mit seinen Fingern durch ihren feuchten Spalt und tauchte mit einem schnellen Stoß in ihren Kanal ein. Mit einem dumpfen Schrei krümmte sie sich in seiner Berührung. Sie schaffte es, ihre Augen zu öffnen und ihre Hand über die Vorderseite seines Slips gleiten zu lassen, wo sie über die pulsierende, samtige Haut seines Schafts strich.

„Das hier“, antwortete sie.

In ihrem Inneren brodelte das Verlangen, und jede Bewegung seiner Finger ließ sie erschaudern. Doch das genügte ihr nicht. Sie wollte alles von ihm. Schnell rollte sie sich auf die Seite, grätschte sich über ihn und schob seinen Slip über seine Hüften. Sein Schwanz drückte gegen sie und sie ließ ihre Hüften kreisen, nur um ihn an sich zu spüren. Dabei hielt er ihren Blick fest und sie richtete sich langsam auf. Sie verharrte still und spürte seine Eichel an ihrem Eingang, bevor sie ihre Hüften nach unten drückte und ihn mit einem Mal ganz in sich aufnahm.

Er umklammerte ihre Hüften, während sie ihn ritt, und genoss jeden Zentimeter, den er sie mit jeder Bewegung ihrer Hüften ausfüllte. Der Druck in ihrem Inneren nahm zu und sie bewegte sich am Rande der Ekstase, jedes Mal, wenn er sie ausfüllte. Sein Griff um ihre Hüften wurde fester, während sie sich seinen

Stößen entgegenwölbte. Als er mit dem Daumen über ihre Klitoris strich, schoss sie über den Gipfel der Lust, gefolgt von einem Schauer, der sie bis ins Innerste erschütterte. Sein Körper versteifte sich unter ihr und ihr Name brach in einem heiseren Schrei hervor.

Sophia ließ sich gegen Daniel sinken. Seine Hände entspannten sich und glitten um sie herum. Eine Handfläche strich in langsamen Kreisen über ihren Rücken. Nach einigen Augenblicken hob sie den Kopf und fand seine Augen, die sie erwartungsvoll ansahen. Er hob eine Hand und strich ihr das wirre Haar aus dem Gesicht. In seinen Augen lag eine unbändige Zärtlichkeit. Dann räusperte er sich. „Diese Sache mit Nelson macht mir Angst. Das gefällt mir ganz und gar nicht. Am liebsten würde ich dich einsperren und in Sicherheit bringen, bis er hinter Gittern ist."

Sie fuhr mit einem Finger an seiner Augenbraue entlang. Sorge wallte in ihr auf. Während er sie in Sicherheit bringen wollte, machte sie sich viel mehr Sorgen um ihn. Jede Drohung, die Nelson ihr gegenüber ausgesprochen hatte, richtete sich tatsächlich gegen Daniel, und das machte ihr Angst. Aber sie schob diese Gedanken beiseite und besann sich auf das, was er gesagt hatte. „Ich weiß, dass du dich dann besser fühlen würdest, aber das geht nicht. Ich bin doch ohnehin kaum allein. Der einzige Ort, an dem ich früher allein gewesen bin, war, wenn ich zu Hause war, und selbst dann war Daisy immer bei mir. Aber jetzt, wo du die ganze Zeit hier bist ..." Ihre Worte wurden von einem Lächeln unterbrochen.

Er lächelte sanft, aber nur kurz. Dann drückte er ihr einen schnellen Kuss auf die Lippen. „Es ist einfach schwer. Das ist alles. Du musst vielleicht etwas Geduld mit mir haben. Wenn ich überfürsorglich erscheine, dann ist das wohl so, wenn es um dich geht. Niemand hat mir je so viel bedeutet wie du."

Sie strich ihm über die andere Stirn. „Du mir auch nicht."

Als sie ihren Kopf an seine Schulter lehnte, überlegte sie, wie sie sicherstellen konnte, dass sie gemeinsam mit Daniel zu der Hütte gehen konnte. Es musste ja nicht nur sie sein, aber sie wusste, dass sie auf sich selbst aufpassen konnte. Ihr war klar, dass sie mit ihm darüber reden sollte, aber sie spürte, dass sie ihn damit jetzt nur verärgern würde. Stattdessen zeichnete sie mit ihrer Fingerspitze Kreise auf seiner Brust, während seine Atmung sich im Schlaf beruhigte.

———

Daniel musterte Sophia einen langen Augenblick lang, bevor er sich abwandte. „Nein."

„Du kannst mir nicht verbieten zu gehen! Ich habe mich mein ganzes Leben lang gewandelt und gekämpft. Ich kenne die Berge hier viel besser als du. Du weißt, dass das vernünftig wäre."

Ihre Worte durchbohrten ihn. Er wandte sich um und sah sie an. „Das ist mir egal. Für mich hört sich das alles andere als vernünftig an. Ich spreche noch mal mit Roger und gehe ja nicht allein, aber du kommst nicht mit." Seine Verdrossenheit über ihren unnachgiebigen Gesichtsausdruck wurde immer größer.

Sie verschränkte die Arme und schritt vor dem Fenster hin und her. „Du kannst mir nicht vorschreiben, was ich zu tun und zu lassen habe!"

Er trat vor sie, als sie stehen blieb, und fasste ihr an die Schultern. „Hör zu, ich bitte dich nicht, hierzubleiben, weil ich irgendeine Kontrolle über dich ausüben möchte. Ich muss einfach nur wissen, dass du in Sicherheit bist. Wenn ich weiß, dass du da draußen bist, kann ich ... verdammt, damit würde ich einfach nicht klarkommen."

Er zog sie mit einem Ruck in seine Arme und vergrub sein Gesicht in ihrem Haar. Zuerst war sie ganz steif, aber dann schmiegte sich ihr Körper sanft an ihn. Er spürte das Auf und Ab ihres Atems, bevor sie ihren Kopf zurückwarf und mit ihrer Handfläche über seine Wange strich. Ihre Hand wanderte nach unten und legte sich auf sein Herz. Sie nickte langsam. „Also gut. Aber versprich mir, dass du Heath fragst, ob er mitkommt. Es ist mir egal, wen Roger sonst noch schickt, aber ich möchte Heath bei dir haben."

„Wenn ich Heath anrufe, bleibst du dann hier?"

Sie kaute auf ihrer Lippe und holte noch einmal tief Luft, bevor sie nickte.

KAPITEL SECHZEHN

Daniel lief neben Heath durch die Bäume. Nachdem Daniel sich mit Roger beraten hatte, hatten sie beschlossen, dass es am besten wäre, wenn Daniel sich mit Nelson an der alten Hütte treffen würde und die Polizei aus einer anderen Richtung käme. Roger versicherte ihm, dass sie nur Beamte einsetzen würden, die Shifter waren, und fand, dass Heath der ideale Partner für Daniel war. Er hatte angedeutet, dass Nelson Heath aufgrund der Geschehnisse wahrscheinlich als schwaches Glied betrachten würde, was ihnen zugutekommen könnte.

Im Augenblick wanderten sie in die Berge und wandelten sich, als sie tief genug im Wald waren. Auf dem Weg dorthin hatte Heath seine Bedenken geäußert, dass Sophia und Vivi dazu neigten, ihre eigenen Erkundungen durchzuführen. Daniel hätte gerne geglaubt, dass Heath falschlag, aber er wusste, wie sehr sich Sophia sorgte. Aber nachdem sie zugestimmt hatte, nicht mitzukommen, hatten sie nicht mehr darüber gesprochen. Er konnte sich einer gewissen Besorgnis nicht erwehren. Zwar glaubte er nicht, dass sie ihn absichtlich in die Irre geführt hatte, aber er war überzeugt, dass sie es sich leicht anders überlegen könnte. Als die beiden sich einem breiten Bach näherten, sah Heath zu ihm herüber.

„Soph würde nicht alleine hierherkommen. Wenn sie sich entscheidet, uns zu folgen, wird Vivi bei ihr sein. Ich nehme an, du hast sie gebeten, das nicht zu tun, aber sie hat eine sture Ader und ist eine verdammt gute Kämpferin. Soph und Vivi können sich behaupten. Ich wollte das nur erwähnen, damit du nicht überrascht bist, wenn etwas aus dem Ruder läuft und die beiden auftauchen", sagte Heath.

„Wie groß ist die Wahrscheinlichkeit, dass sie auftauchen, ohne uns Bescheid zu sagen?", fragte Daniel und versuchte, die Anspannung in seinem Brustkorb nicht zu beachten.

„Auf jeden Fall größer, als wenn sie uns Bescheid sagen", meinte Heath mit einem schiefen Grinsen. Doch schnell ernüchterte sich seine Miene. „Im Ernst, die beiden kommen schon zurecht. Soph und Vivi kennen diese Berge blind. Sie kämpfen gegen die Besten und sind beide verdammt schnell. Ich habe nur gedacht, du könntest die Vorwarnung gebrauchen."

Daniel nickte und atmete die kühle Waldluft tief ein. Unter den Bäumen, einer Mischung aus Immergrün und Espen, war der Wald schattig und hier und da brach die Sonne durch. Sie hielten neben dem Bach an, dessen eiskaltes, klares Wasser über die Felsen plätscherte. Sein Rauschen war beruhigend und belebend zugleich. Daniel warf einen Blick zu Heath. „Sollen wir?"

Auf Heaths entschlossenes Nicken hin setzten sie sich in Bewegung. Daniel genoss das Gefühl der Macht, wenn er sich wandelte. Das Fell brach wie eine Welle über ihn herein. Ein Gefühl von Stärke und

Macht, das jede menschliche Kraft übertraf, durchfuhr ihn. Aufrecht stand er neben dem Bach und sah sich um. Seine Augen und Ohren waren in der Löwengestalt schärfer und viel besser entwickelt. Er warf einen Blick auf Heath, der groß und stark neben ihm stand. Heath drehte seinen Kopf zur Seite, bevor er kurz zurücktrat und mühelos über den Bach sprang. Daniel folgte ihm und schloss sich Heath an, während sie sich ihren Weg tiefer in die Berge bahnten.

Die kühle Luft zerzauste sein Fell, während sie so dahinliefen. Die Gerüche des Waldes stachen ihm in die Nase. Er witterte ein Eichhörnchenpaar, kurz bevor sie zu schwatzen begannen. Im Handumdrehen hatten sie die Klippe erreicht, von der aus sie das Tal überblicken konnten, in dem sich die alte Hütte befand. Daniel sollte sich unbemerkt nähern, sobald sie das Gebiet ausgekundschaftet hatten. Heath würde sich am Waldrand zurückhalten und sich nur bei Bedarf zu erkennen geben. Wie vereinbart hielten sie an der Felskante inne und betrachteten das Gebiet mehrere Augenblicke lang. Der Geruch von Menschen und Löwen war wahrnehmbar, aber um die Hütte herum gab es keine Bewegung. Sie zogen sich zurück und umkreisten das Tal, wobei sie zwischen den Bäumen verborgen blieben. Als sie sich durch den Wald bewegten, sahen sie drei Shifter, die sich von der anderen Seite näherten. Heath hatte Daniel versichert, dass er in der Lage sein würde, zu erkennen, wer die Shifter waren. Als die Shifter sie sahen und zurückwichen, wedelte Heath mit dem Schwanz und nickte, um anzuzeigen, dass es sich um die Cops in Shifterform handelte. Nachdem eine vollständige Runde keine Auffälligkeiten zu Tage gefördert hatte, hielten Daniel und Heath an einer Stelle an, von der aus sie die Hütte gut im Blick hatten.

Daniel blickte zu Heath, der langsam nickte und sein Kinn in Richtung der Hütte hob, bevor er lautlos auf einen Ast sprang und sich niederließ, um über das Tal zu schauen. Daniel bewegte sich leise zwischen den Bäumen hindurch auf die kleine Lichtung zu, die die Hütte umgab. Noch immer gab es keinerlei Bewegung. Daniel wusste, dass die Polizei in der Nähe postiert war, an zwei verschiedenen Stellen in Sichtweite. Langsam näherte er sich der Hütte. Die Tür stand offen, ihre Scharniere quietschten in der leichten Brise, die durch das Tal wehte.

Schließlich betrat Daniel die Hütte und schaute sich um. Im Inneren befanden sich ein paar Stühle und eine Wand mit Schränken aus rostfreiem Stahl. Die Schränke waren mit hochwertigen digitalen Schlössern ausgestattet. Die Hütte hatte einen großen vorderen Raum mit einem mächtigen gusseisernen Herd in der Mitte. Zwei kleine Zimmer, wahrscheinlich Schlafzimmer, befanden sich an der Seite. Beide Räume waren leer, bis auf weitere Schränke aus rostfreiem Stahl an den Wänden. Als er sich umschaute, fielen ihm kleine Besonderheiten auf: Spuren auf dem staubigen Fußboden zeugten von häufiger Nutzung des Zimmers. Es handelte sich um eine Mischung aus Pfotenabdrücken und verschiedenen Schuhabdrücken. In diesem Augenblick befand sich jedoch niemand hier. Die Spannung, die sich in ihm aufbaute, wurde immer größer. Er traute Nelson nicht, also überlegte er, was er wohl ausgeheckt haben könnte.

Plötzlich ertönte draußen in der Ferne ein lautes Geräusch. Er stürmte aus der Hütte und sah sich kurz um. Er hörte eine Rauferei, aber er konnte nichts erkennen. Als seine Sinne die Lage ausgemacht hatten, huschte er durch das Tal. Er konnte spüren, dass Heath sich in die gleiche Richtung bewegte, aber dieser blieb in den Bäumen verborgen. Beim Näherkommen sah Daniel, wie Sophia in Katzengestalt aus den Bäumen sprang. Sie wirbelte herum und trat dem Berglöwen hinter ihr entgegen, einem schweren, muskulösen Kater. Sophia wich aus und warf sich erneut herum, als das andere Tier knurrte und sich auf sie stürzte. Eine Mischung aus Zorn und Beschützerinstinkt durchflutete Daniel. Er setzte zu einem Sprint an. Doch Sophia würdigte ihn keines Blickes, während sie auf den anderen Löwen zustürzte und ihre Krallen mit Leichtigkeit in den Hals des Löwen schlug. Der andere Löwe brüllte und schlug in ihre Richtung, verfehlte sie aber. Daniel vermutete, dass der Löwe Nelson war. Er bewegte sich fast schwerfällig, und man merkte, dass er älter war. Er war zwar immer noch ziemlich stark, aber mit Sophias Geschwindigkeit konnte er nicht mithalten. Dann kam Vivi in Sicht und lockte einen weiteren Shifter ins Freie.

Falls Nelson vorgehabt hatte, im Verborgenen zu bleiben, hatte er unterschätzt, wer Daniel möglicherweise begleiten würde. In Sekundenschnelle lieferten sich Sophia, Vivi und Heath eine wilde Schlägerei mit den Löwen. Daniel stürzte sich auf Nelson, der immer wieder versuchte, Sophia in die Enge zu treiben. Knurrend und fauchend umkreiste Daniel Nelson, der immer wieder auswich und Sophia angriff. Die beiden anderen Shifter, die mit Nelson aufgetaucht waren, kannte Daniel nicht. Der Kampf begann sich in die Länge zu ziehen. Sein Blick blieb an einem dunklen Blutfleck in Sophias Fell an ihrer Schulter hängen. Wutentbrannt sprang er auf Nelson zu, packte ihn am Hals und warf ihn zu Boden. Nelson riss sich los und stürmte durch die Menge.

Daniel nahm die Verfolgung auf, aber Sophia war drauf und dran, ihn einzuholen. Nelson hatte das Tal schon fast durchquert. Sophia stupste ihn an der Schulter an und wollte ihn aufhalten. Daniel knurrte sie an, und sie knurrte sofort zurück. Er wusste nicht, warum, aber sie versuchte, ihn davon abzuhalten, Nelson zu verfolgen. Doch er schenkte ihr keine Beachtung und jagte weiter, den Blick auf Nelsons Schwanz gerichtet, der hinter ihm in der Luft zappelte. Nun liefen sie durch den Wald. Der Boden war im Nu uneben geworden und kleine Steinchen kullerten unter seinen Pfoten hindurch, als er zum Sprung ansetzte, um Nelson einzuholen. Das Geräusch von rauschendem Wasser drang an seine Ohren und wurde mit jedem Sprung nach vorne lauter. Plötzlich verschwand Nelson aus seinem Blickfeld. Daniel war nur Sekunden hinter ihm und sah in letzter Sekunde, wie der Wasserfall über die Klippe stürzte. Sophia preschte vor Daniel und stieß ihn am Rande des Stroms blitzschnell zu Boden. Als er wieder aufsprang, sah er, wie sie versuchte, im Wasser Halt zu finden und musste entsetzt mitansehen, wie sie ausrutschte und fiel. Sie hing bedrohlich nahe am Rand des Wasserfalls und krallte sich an den nassen Steinen fest, um nicht abzustürzen.

Daniel brüllte vor Angst laut auf. Sophia war kaum mehr zu erkennen, als das Wasser über sie hinweg und um sie herum rauschte. Von Angst und Adrenalin getrieben, stürzte sich Daniel vor sie und schnappte mit seinen Zähnen nach Sophia, als sie fiel. Er erwischte sie gerade noch im Nacken. Mit dem Rauschen des Wassers in den Ohren setzte er sich in Bewegung, nur um zu spüren, wie Sophia wieder von der Strömung erfasst wurde. Sein Halt um sie lockerte sich, während er darum kämpfte, sich gerade zu halten und gegen die Kraft des Wassers anzukämpfen. Sie schlug wild um sich und verfing sich mit einer Pfote an einem Felsen. Während sie sich abmühte, sich festzuhalten, gewann er genug Zeit, um sie fester zu ergreifen. Er zwang sich, sich langsam zu bewegen, während er mit Sophia fest zwischen den Zähnen zurückwich. Erst als sie weit genug vom Wasserfall entfernt waren, lockerte er seinen Griff. Sie schüttelte den Kopf und stand auf, zerzaust, blutverschmiert und klatschnass. Da stieß er ein Brüllen aus, ein Echo seiner Gefühle. Sophia bedeutete ihm zu viel, und blanke Wut durchströmte ihn, als ihm klar wurde, wie nahe sie daran gewesen war, den Wasserfall hinabzustürzen. Sein Atem dröhnte durch den Wald, als sich sein Herzschlag endlich verlangsamte und er begriff, dass Sophia in Sicherheit war. Sie hatte den Strom überquert und wartete zwischen den Bäumen auf ihn.

Er warf einen Blick zurück auf die Stelle, an das Wasser tosend von der Klippe stürzte und dutzende Meter tief in ein klares Gewässer floss. Nelsons Gestalt war im Wasser verschwunden. Das Wasser wirbelte in der Talsenke und stürzte sich dann über eine weitere Klippe. Daniel konnte nur noch sehen, wie Nelsons Löwe seinen Kopf aus dem Wasser hob, bevor er den nächsten Wasserfall hinunterrutschte. Daniel stand stocksteif neben Sophia. Ihr Atem ging schwer in der kühlen Luft.

KAPITEL SIEBZEHN

Am folgenden Nachmittag lehnte Daniel an der Wand in Roger Shaws Büro. Obwohl Nelson geflohen, sein Aufenthaltsort derzeit unbekannt war und sein Überleben in Frage stand, hatte die Polizei gestern zwei weitere Shifter in Gewahrsam genommen und einen Teil ihrer Drogenvorräte aus der Hütte sichergestellt. Die beiden Shifter hatten gesungen wie kleine Vögelchen, als ihnen klar wurde, dass ihre Haupteinnahmequelle über eine Klippe verschwunden war.

Es ärgerte Daniel immer noch, dass Nelson entkommen war. Sophia hatte ihm erklärt, dass er, wenn er es nicht geschafft hatte, aus dem Wasser zu kommen, eine unsanfte Rutschpartie hinter sich hatte, wobei die Wasserfälle, über die er gestürzt war, der leichtere Teil seines Sturzes waren. Sie hatte ihm auch erklärt, dass sie versucht hatte, Daniel aufzuhalten, weil sie befürchtet hatte, dass Nelson ihn in eine Falle locken wollte, damit er über die Klippe stürzte. Jedes Mal, wenn Daniel daran dachte, dass Sophia Nelson fast über die Klippe gefolgt wäre, setzte sein Herz ein paar Schläge aus. Der Gedanke, sie zu verlieren, jagte ihm eine Heidenangst ein. Er hatte sich noch nicht überwunden, darüber zu sprechen. Als sie gestern Abend versucht hatte, etwas zu sagen, konnte er nur den Kopf schütteln.

Für den Augenblick lehnte sich Roger in seinem Stuhl zurück und betrachtete Daniel. „Ich weiß, dass du nicht gerade erfreut darüber bist, dass Nelsons Verbleib ungewiss ist, aber wir haben den bisher größten Keil in das Schmugglernetzwerk getrieben. Nelson war das Superhirn und hat die alten Grundstücke deiner Großeltern als Lager und Kontrollpunkte genutzt. Da du all ihre Grundstücke geerbt hast, können wir sie mit deiner Erlaubnis alle durchsuchen. Sie haben zwar eine Menge verkauft, aber ich beabsichtige, diese Verkäufe genau unter die Lupe zu nehmen und die neuen Eigentümer zu befragen. Nelson hatte jede Menge Zeit, also kann man davon ausgehen, dass er die Möglichkeit hatte, sie alle auszukundschaften. Vor uns liegt eine Menge Arbeit, aber nun haben wir eine Möglichkeit, das Netzwerk in seinem Kern zu erschüttern. Die Shifter haben sich für ihre Transporte und Übergaben auf diese abgelegenen Lagerorte verlassen. Ohne sie können wir das gesamte Netzwerk lahmlegen.“

„Ihr habt meine Erlaubnis, alle meine Grundstücke zu durchsuchen. Wenn ihr etwas Schriftliches braucht, sagt mir einfach, was ich tun muss.“ Er hielt inne, denn jedes Mal, wenn er daran dachte, dass Nelson hinter Sophia her sein könnte, überkam ihn ein ungutes Gefühl. Wie Heath gesagt hatte, behauptete sie sich wacker, aber das änderte nichts an der Wut, die in ihm hochkochte. „Und was wollt ihr tun, um Nelson zu finden?“

Rogers Augen verengten sich und er verschränkte die Finger unter seinem Kinn. „Wir suchen weiter. Ich habe schon ein paar Leute losgeschickt, um dem Fluss bis nach unten zu folgen. Falls er überlebt hat, werden wir ihn aber nicht sofort finden. Es wird eine Weile dauern, bis wir ihn ausfindig gemacht haben. Ich würde dir ja raten, nicht nach ihm zu suchen, aber ich weiß, dass du das trotzdem tun wirst. Ich wäre dir nur sehr dankbar, wenn du uns auf dem Laufenden halten würdest, damit wir wissen, wo du unterwegs bist und wann."

Daniel nickte energisch. „Mach ich. Ich bin nur stinksauer, dass er es geschafft hat, abzuhauen."

Roger schüttelte den Kopf. „Das sind wir alle. Du kannst dich bei Sophia bedanken, dass sie dich im letzten Augenblick aufgehalten hat, sodass du nicht gemeinsam mit ihm den Wasserfall hinabgestürzt bist. Sie kennt die Wälder in- und auswendig und hat genau gewusst, wo er hinwollte."

Daniel seufzte und zuckte mit den Schultern. „Ich weiß. Ich sollte ihr danken, aber sie ist fast selbst abgestürzt, als sie versucht hat, mich in Sicherheit zu bringen. Bis wir nicht wissen, ob er tot ist oder noch lebt, werde ich mit der Sache wohl nicht abschließen können. Und falls er noch lebt, müssen wir ihn finden."

„Unsere Shifter können seine Spur überallhin verfolgen, also besteht eine verdammt gute Chance, dass wir ihn finden, falls er überlebt hat."

„Gut, ich fahre dann mal los, um Sophia auf der Arbeit zu treffen. Gib mir Bescheid, was du brauchst, um dir die Grundstücke anzusehen."

„Mach ich. Ich kümmere mich darum und melde mich bei dir."

Rogers Telefon klingelte, als Daniel sich zum Gehen wandte. Er winkte ihm kurz zu und nahm den Hörer ab.

————

Sophia reichte einem Kunden einen Kaffee und drehte sich wieder zur Kasse um, wo Heath an der Theke lehnte. „Hey Soph, kann ich bitte einen Mocha Latte bekommen?"

„Aber immer doch." Sie warf ihm ein Grinsen zu, bevor sie die Bestellung an Tommy weitergab.

Heaths grüne Augen musterten sie. „Du siehst gar nicht so schlecht aus."

Damit bezog er sich auf den Kampf mit dem Löwen neulich Nachmittag. Die einzige Verletzung, die sie erlitten hatte, war ein tiefer Kratzer an ihrer Schulter. Der tat zwar weh, aber sonst ging es ihr gut. Sie zuckte mit den Schultern. „Es war nicht so schlimm. Aber ich kann Daniel davon leider nicht überzeugen."

„Lass es gut sein. Er darf sich Sorgen machen", antwortete Heath mit einem milden Lächeln.

„Ach ja?"

„Ja. Er liebt dich."

„Du klingst da ziemlich zuversichtlich."

„Ich würde wetten, dass er dir das auch gesagt hat. Aber ich weiß doch, was ich sehe. Ich habe ja anfangs meine Bedenken gehabt, aber er ist gut für dich."

Ihre Wangen wurden glühend heiß und Wärme durchströmte sie. Heath neigte dazu, seine Gedanken für sich zu behalten, wenn er also etwas zu sagen hatte, meinte er es auch so. Dass er ihre Beziehung zu Daniel befürwortete, bedeutete ihr mehr, als sie jemals ausdrücken konnte. Sofort stiegen ihr die Tränen in die Augen. Heath neigte seinen Kopf zur Seite. „Hey Soph, ich wollte dich doch nicht zum Heulen bringen."

Sie schüttelte den Kopf und wischte sich über die

Augen. „Das sind Freudentränen. Wir haben ja kaum Zeit zum Reden gehabt, weil so viel los war. Daniel, nun ja, er ist ...“ Sie hielt inne und versuchte, sich zu sammeln.

Heaths Mund verzog sich zu einem leichten Lächeln. „Er ist der Richtige für dich. Das ist sonnenklar. Und mehr braucht man nicht zu sagen.“

„Ich schätze, er ist stinksauer auf mich, weil ich euch gestern da draußen gefolgt bin.“

Heath schwieg für ein paar Sekunden und zuckte dann mit den Schultern. „Wahrscheinlich. Ich habe ihn ja gewarnt, dass du und Vivi wahrscheinlich auftauchen würdet. Aber auch wenn er sauer ist, ändert das nichts an seinen Gefühlen.“

„Ich weiß, aber ich muss einen Weg finden, ihm klarzumachen, dass es mir leidtut, obwohl es gar nicht so ist.“

Heath zog eine Augenbraue hoch. „Es tut dir leid, aber dann doch nicht? Das musst du mir mal verklickern.“

„Es tut mir leid, dass ich ihn in Angst und Schrecken versetzt habe, aber es tut mir nicht leid, dass ich mitgekommen bin. Es war wichtig, dass wir dort waren. Sonst wären sie euch zahlenmäßig überlegen gewesen.“

„Das musst du mir nicht erklären. Versuch einfach zu verstehen, warum er verärgert sein könnte.“

In diesem Augenblick läutete das Glöckchen, als sich die Tür öffnete und Vivi hereinspazierte. Ihr dunkles Haar fiel ihr in Wellen um die Schultern. Sie schob ihre Sonnenbrille auf die Stirn, ihre Augen weiteten sich und ein Grinsen breitete sich auf ihrem Gesicht aus, als sie Heath erblickte. Sophia verfolgte, wie Heath sich Vivi zuwandte, seine lockere Art verschwand und er geriet völlig aus dem Takt. Sophia überlegte noch, was das bedeuten könnte, als Vivi auf ihn zuging und ihre Arme um ihn schlang. Da Heath von Natur aus eher zurückhaltend war, errötete er leicht, als Vivi ihre Arme sinken ließ.

Sophia hatte keine Gelegenheit, über diese kurze Begebenheit nachzudenken, als Daniel mit Daisy an seiner Seite durch die Tür trat. Daisy hatte sich so sehr an Daniel gewöhnt, dass er nicht einmal mehr eine Leine brauchte. Sie folgte ihm einfach, wohin er auch ging. Ihr stolzer Blick blieb an Sophia haften, als die beiden sich dem Tresen näherten. Sophia kam hinter dem Tresen hervor und trat den beiden entgegen. Daniel hauchte ihr einen flüchtigen Kuss auf die Lippen, bevor er ihr mit seiner Hand über den Rücken strich und sich umdrehte, um Heath und Vivi zu begrüßen. Sophia streichelte über Daisys Kopf, während sie sich an Daniels Schulter lehnte.

Kurze Zeit später verließen sie das Café und hielten mit Vivi und Heath vor der Tür inne. Die Sonne verschwand hinter dem Gebirgskamm in der Ferne und ihre Strahlen streckten sich himmelwärts, wobei sich goldene Streifen durch orangefarbene und rote Wirbel brachen. Heath legte seinen Arm über ihre Schulter und drückte sie fest an sich.

„Danke für den Kaffee." Er löste sich von ihr und ließ seinen Blick über Vivi schweifen, bevor er bei Daniel landete. „Ruf mich an, wenn du beginnst, dir das Dach vorzunehmen. Ich helfe dir gerne."

Daniel nickte und schlang seine Hand um Sophias Hand. Sie genoss jede kleine Berührung und unterdrückte einen Seufzer über seinen starken und warmen Griff. Fragend wölbte sie eine Augenbraue nach oben.

„Als ich zum Bauernhaus gefahren bin, um die Polizei einen Blick darauf werfen zu lassen, habe ich ein paar undichte Stellen im Dach bemerkt. Nelson hat das Haus um sich herum verfallen lassen, es gibt also eine Menge zu tun", antwortete Daniel auf ihre unausgesprochene Frage.

„Denkst du etwa darüber nach, dort hinzuziehen? Es ist wunderschön dort", stellte Vivi fest und ihr Blick fiel auf Sophia. „Ihr hättet dort viel mehr Platz als jetzt, und Daisy würde es lieben, dort herumzustreunen."

Daniel zuckte mit den Schultern. „Ich bin mir nicht sicher. Aber unabhängig davon, ob ich das Haus behalte oder verkaufe, muss es repariert werden."

„Wie ich schon gesagt habe, ich helfe dir gerne bei allem, was du brauchst", antwortete Heath und machte sich auf den Weg. „Wir sehen uns dann morgen wieder." Mit einem Winken steckte er seine Hände in die Taschen und lief den Bürgersteig entlang, wobei sich seine Silhouette dunkel von der untergehenden Sonne abhob.

Vivi hauchte Sophia einen Kuss auf die Wange und stürmte davon. „Hey, warte!", rief sie. Sie rannte los, um Heath einzuholen und schob ihre Hand durch seinen Ellbogen.

Daisy stupste Sophias Hüfte an. Daraufhin streichelte Sophia ihr über den Kopf und blickte zu Daniel auf. Sie erinnerte sich an Heaths Vorschlag, dass sie versuchen sollte zu verstehen, warum Daniel so verstimmt gewesen sein könnte. Sie musste unbedingt reinen Tisch machen. „Ich weiß, dass wir noch nicht darüber gesprochen haben, aber ich kann gut verstehen, warum du so sauer bist, dass ich mit Vivi zur Hütte gekommen bin, nachdem ich doch versprochen hatte, das nicht zu tun."

Er schwieg und nickte dann langsam. „Ich kann ja verstehen, warum du dort warst. Aber verdammt! Du wärst fast zusammen mit Nelson über den Wasserfall gestürzt. Ich habe ja versucht, nicht daran zu denken, aber ...“

Da trat sie näher und strich mit einer Hand über seinen Arm. „Ich konnte nicht anders. Ich habe Nelson einfach nicht getraut. Es tut mir leid, dass ich dir nicht gleich gesagt habe, dass ich auf jeden Fall mitkommen würde. Es tut mir aber nicht leid, dass ich das getan habe.“

Seine Schultern hoben und senkten sich mit einem tiefen Atemzug. Sie konnte die Anspannung in ihm spüren, aber sie wartete ab. Schließlich nickte er langsam. „Können wir uns darauf einigen, dass du ehrlich zu mir bist, wenn sowas nochmal passiert?“

„Es war ja nicht so, dass ich absichtlich gelogen habe, als ich gesagt habe, ich würde nicht kommen. Das habe ich ja durchaus ernst gemeint. Aber als du dann losgezogen bist, um Heath zu treffen, bin ich ausgeflippt und habe meine Meinung geändert. Ich verspreche, dir das nächste Mal auf jeden Fall Bescheid zu geben. Auch wenn das bedeuten sollte, dass du dann angepisst bist.“

Er blickte zu Boden, sein Blick war düster. „Du hast mich zu Tode erschreckt, als du fast den verdammten Wasserfall hinuntergestürzt wärst.“

„Aber das bin ich nicht“, antwortete sie leise. Dann strich sie mit ihrer Hand seinen Arm hinauf, legte sie um seinen Hals und zog ihn zu einem Kuss heran

Er hielt inne, seine Lippen waren nur einen Flüsterhauch von den ihren entfernt. „Es ist doch nur, weil du mir einfach alles bedeutest“, antwortete er, bevor er seine Lippen auf die ihren drückte.

Sekunden später, als sie schon fast in seinen Armen geschmolzen war, zog er sie zurück. In ihrem heißen, flüssigen Verlangen, das durch ihre Adern schoss, und ihrem Puls, der im Gleichklang mit seinem pochte, blickte sie auf. Seine Augen warteten auf sie, Feuer und Verständnis brannten darin.

Nach einigen Herzschlägen fand sie ihre Stimme wieder. „Gehen wir nach Hause?"

Daniels Blick blieb an ihr haften. Sie erinnerte sich an den ersten Tag, an dem sie ihn gesehen hatte und wie seine Augen sie angezogen hatten. Seine Stimme war tief und rau, als er antwortete. „Daran habe ich auch schon gedacht. Daisy erwartet bald das Abendessen, weißt du."

Sie grinste. „Genau. Also dann, ab nach Hause." Damit machten sie sich auf den Heimweg, Daniels Hand schloss sich warm um ihre.

EPILOG

Sophia stand am Küchenfenster des Bauernhauses. Sie hielt eine dampfende Tasse Kaffee in den Händen und blickte auf das Feld draußen. Es schneite sanft, der erste Schnee der Saison, obwohl es noch Frühherbst war. Als sie Schritte hörte, wandte sie sich vom Fenster ab. Daniel betrat die Küche und ihr stockte der Atem. Er trug Jeans, die tief auf den Hüften saßen, und sonst gar nichts. Seine muskulöse Brust und sein Bauch waren wie immer zum Anbeißen. Als sein Blick den ihren traf, fuhr er sich mit der Hand durch sein zerzaustes dunkles Haar. Er kam an ihre Seite, legte eine Hand um ihre Taille und zog sie an sich.

„Guten Morgen", sagte er.

Langsam nahm er ihr die Kaffeetasse aus der Hand und stellte sie auf den Tisch neben sie, bevor er seinen Kopf senkte und ihre Lippen zu einem Kuss erwischte. Blitzschnell wurde ihr glühend heiß. Seine Zunge drang in sie ein und umspielte kurz die ihre, bevor er den Kopf hob. Sein Blick war noch schläfrig. Sein sinnliches Lächeln ließ ihre Knie schlottern.

„Guten Morgen. Es schneit", stellte sie fest und neigte ihren Kopf zum Fenster.

Er blickte ihr über die Schulter. „So ist es." Dann löste er sich von ihr und stapfte zur Kaffeekanne, wo er sich eine Tasse einschenkte.

Nachdem er einige langsame Schlucke genommen hatte, schritt er zum Tisch und ließ sich in einen Stuhl sinken. Sie nahm ihm gegenüber Platz und blickte hinaus auf den fallenden Schnee, der das Feld wie Feenstaub bedeckte. „Also, was steht heute auf dem Plan?"

Daniel warf ihr einen langen Blick zu, und sein heißer Blick erwärmte sie. „Nun, wir haben alles rübergebracht. Ich schätze, jetzt müssen wir nur noch auspacken."

In den Monaten seit Nelsons Verschwinden war einiges los gewesen. Die Polizei hatte weitere Fortschritte bei der Zerschlagung des Schmugglernetzwerks gemacht. Ihre Vermutungen über die Grundstücke hatten sich als richtig erwiesen. Zuerst wurden einige Grundstücke durchsucht, die Daniel geerbt hatte, und dann andere, die zwar verkauft worden waren, aber so abgelegen lagen, dass die Shifter sie heimlich nutzen konnten, ohne sich Sorgen zu machen, entdeckt zu werden. Das Netzwerk war in Painter weitgehend abgeriegelt, doch die Frage nach dem Verbleib von Nelson blieb offen. Alle Shifter, die nach ihm gesucht hatten, waren überzeugt, dass er überlebt hatte, denn es war keine Leiche gefunden worden – weder die eines Menschen noch die eines Berglöwen. Seine Spur hatte sich tief in den Bergen an einem Flusslauf verloren.

Nachdem Daniel und Heath einige einfache Reparaturen an dem Bauernhaus vorgenommen hatten,

hatten Sophia und Daniel Pläne geschmiedet, sich hier niederzulassen. Nelson hatte zwar einige Zeit hier verbracht, aber kaum irgendwelche Spuren hinterlassen. Das Bauernhaus war wunderschön. Sophia hatte viele Nachmittage damit verbracht, den überwucherten Garten zu säubern. Sie würde aber bis zum nächsten Frühling warten müssen, um die Blumen zu sehen, die sich unter dem Unkraut und den Ranken versteckten.

Daniel streckte seine Hand über den Tisch aus und legte seine Handfläche in ihre, sein Daumen strich langsam über ihren Handrücken. „Wie fühlst du dich jetzt, wo wir hier sind?"

In diesem Augenblick kam Daisy in die Küche geschlendert und setzte sich ihnen zu Füßen. Sie ließ ihr Kinn auf Sophias Oberschenkel sinken, ihre übliche Aufforderung für eine Begrüßung. Sophia streichelte sie mit ihrer freien Hand und wandte sich dann wieder Daniel zu. Ein Glücksgefühl stieg in ihr auf. „Ich fühle mich hier genau am richtigen Platz."

———

Daniel sah, wie Sophias grüne Augen aufleuchteten, als sie zu ihm herüberschaute. Er war eigentlich gar nicht auf der Suche nach Liebe nach Painter gekommen und doch war sie in Form von Sophia in sein Leben geplatzt. Ihr schwarzes Haar fiel ihr in weichen Locken um die Schultern. Ihr Blick aus ihren grünen Augen funkelte ihn an. Er konnte nichts dafür, aber jedes Mal, wenn sie in der Nähe war, konnte er das Verlangen, das schnell und heftig durch seinen Körper pochte, kaum zurückhalten. Er nahm einen Schluck Kaffee und stellte die Tasse dann wieder auf den Tisch.

Er mochte das unruhige Gefühl nicht, das gelegentlich an die Oberfläche stieg, wenn er sich fragte, wo Nelson war und wann er wohl wieder auftauchen würde. Abgesehen davon war er so zufrieden wie noch nie. Die Verbundenheit zu Sophia war anders als alles, was er bisher erlebt oder auch nur für möglich gehalten hatte. Sie hier bei sich zu haben, in dem Haus, das seine Mutter einst geliebt hatte, brachte ihn innerlich an sein Ziel und verband seine Vergangenheit mit seiner Gegenwart.

Ihre Familie hatte ihn voll und ganz in ihre Mitte aufgenommen. Er hatte das zwar überhaupt nicht erwartet, aber er hatte ein Gefühl der Zugehörigkeit gefunden. Der Berglöwe in ihm war hier genauso zu Hause wie der Mensch in ihm. Sophia hatte sich zum Fenster gedreht und blickte hinaus. Seine Augen wanderten über ihr Profil und verweilten auf ihren vollen Lippen. Ihre Wangen erröteten, als er sie ansah, und sie drehte sich mit einem leichten Lächeln um. „Genau am richtigen Platz.“

Sie drückte seine Hand und stand auf, um zur Kaffeekanne zu gehen und ihren Kaffee wieder aufzufüllen. Als sie zurückkam, fasste er sie um die Taille und zog sie in seinen Schoß. Sie kicherte und schmiegte sich an ihn. Da strich er ihr eine Haarsträhne hinters Ohr und griff in seine Tasche. Er hielt seine Handfläche zu einer Faust geballt zwischen ihnen. Nach einem Räuspern stellte er fest, dass er kein Wort herausbekam. Also streckte er einfach seine Hand aus. In den Monaten nach dem Tod seines Vaters hatte seine Mutter ihm den Ehering seiner Großmutter geschenkt und ihm gesagt, dass der Ring ihn segnen würde. Der Ring war aus Weißgold und hatte auf der Innenseite ein verschlungenes Paar Wildrosen eingraviert. Er hatte zufällig von Sophias Mutter erfahren, dass sie Wildrosen liebte. Als sie an der Ecke des Grundstücks seiner Großeltern einen Strauch entdeckte, wusste er, dass er das, was ihm ohnehin schon klar war, offiziell machen musste – dass er für immer mit ihr zusammen sein wollte und für sein Leben nichts anderes in Betracht ziehen konnte.

Sein Herz klopfte heftig und schnell gegen seinen Brustkorb, während er auf ihre Antwort wartete. Ihr Blick fiel auf den Ring, der in der durch den verschneiten Morgen aufgehenden Sonne funkelte. „Oh!" Ihr Blick flog zu dem seinen, und in ihren Augen schimmerten Tränen. „Ist das ...?"

Er räusperte sich und schaffte es, ein paar Worte hervorzubringen. „Das ist der Ehering meiner Groß-mutter. Meine Mutter hat mir gesagt, ich würde wissen, wem ich ihn geben soll. Ich liebe dich und kann mir nichts anderes als ein Leben mit dir vorstel-len, also habe ich mir gedacht, dass ich dich vielleicht frage, ob du mich heiraten möchtest."

„Vielleicht?"

„Nicht vielleicht. Ich bin mir hundertprozentig sicher. Aber ich habe das noch nie gemacht, also habe ich nicht besonders viel Übung. Lass es mich so sagen. Heirate mich, bitte. Wenn du nicht möchtest ..."

Da legte sie ihren Finger auf seine Lippen, nahm ihm den Ring aus der Hand und hielt ihn ins Licht. Dann sah sie ihm in die Augen. „Ja, ja, ja", antwortete sie leise. Dabei hob sie ihr Kinn an. Er kam ihr auf halbem Weg entgegen und presste seine Lippen auf die ihren. Er versuchte zwar, seinen Kuss sanft zu halten, aber die Leidenschaft, die zwischen ihnen herrschte, machte diese Bemühungen schnell zunichte.

. . .

Melden Sie sich unbedingt für meinen Newsletter an, um die neuesten Nachrichten, Leseproben und mehr zu erhalten! Klicken Sie hier, um sich anzumelden: https://jh-croix.ck.page/ee53a5ef22

Als nächstes in der Serie: **Verloren und gefunden**